COLLECTION FOLIO

Daniel Prévost

Le pont de la Révolte

Denoël

Né en 1939, Daniel Prévost est comédien et romancier. *Le passé sous silence* est son troisième roman.

À la mémoire de Da Youssef et à tous ceux qui traversèrent cette histoire.

I

> « C'est vrai que tu es allé en Sibérie ? » demandait l'un de ses amis à Blaise Cendrars. Et l'écrivain répondit : « Qu'est-ce que ça peut te faire puisque je t'y ai emmené ! »

Deux enfants s'étaient liés d'amitié après la Seconde Guerre mondiale. Ils s'appelaient Samuel et Denis.

Des années plus tard, Denis écrivit leur histoire dans son premier roman. À la fin du récit, ils avaient tous les deux vingt-trois ans.

Ils étaient, croyaient-ils, inséparables. Samuel travaillait dans une librairie du Quartier latin et Denis avait été engagé dans une maison d'édition à Montparnasse. C'est là qu'il avait croisé Roland Dorgelès, l'auteur des *Croix de bois*.

Il avait de l'admiration pour ce vieil écrivain jusqu'au jour où il l'entendit demander à l'homme qui l'accueillait à la porte de son bureau :

« Alors, comment vont mes droits d'auteur ? »

Il trouva la question déplacée. Il fut déçu.

Il était encore dans l'état de l'enfance tardive où l'on rêve de poésie, de romans et où la notion d'argent est absente. Il s'était marié avec Hanna. Samuel, de son côté, fréquentait Cécile, une jeune fille, vendeuse dans la librairie. Il allait l'épouser.

Seul Samuel connaissait le secret de son ami : l'homme que Denis avait cru être son père ne l'était pas.

Des lettres cachées lui avaient révélé l'existence d'un autre père, le vrai, le sien. Mais celui-ci avait été oublié et toujours violemment nié par Louise, la mère de Denis.

Un jour, Samuel dit à Denis :

« Il faudrait que tu essaies de retrouver ton père ou que tu saches au moins ce qu'il est devenu ! »

Ce fut cette phrase de Samuel et la lecture d'un livre de Jean Sénac, *Ébauche du père*, qui décidèrent Denis d'en finir avec le problème du père ! C'était cela le thème du livre : En finir avec le père !... C'était la quête d'identité, la recherche tardive des racines, de ses racines... Il décida de s'enfoncer dans l'investigation, de mener sa propre enquête... Tout serait passé au crible, les moindres phrases, les moindres mots entendus et retenus, bien calés dans sa mémoire.

Les années passèrent. À l'occasion de la sortie de son livre, Denis fut invité à une émission de radio en province, à Caen.

Il se souvint que c'était dans cette ville que sa cousine Emma avait emménagé une dizaine d'années auparavant. Il avait gardé un bon souvenir d'elle. Il proposa à Hanna de lui rendre visite.

De l'hôtel, ils prirent un taxi.

« Rue des Oursins, au 14, ou au 16, on verra. »

C'était un quartier sinistre. Il était 20 h 45.

« C'est là », dit Denis qui croit reconnaître la petite maison, petite maison parmi d'autres maisons semblables.

Mais au numéro 14, la maison n'est pas éclairée.

Il demande au chauffeur de l'attendre une minute. Denis frappe à la porte, il appelle :

« Emma ! Emma !... »

La rue est sombre et déserte.

D'une maison voisine, une fenêtre s'ouvre. Un homme y apparaît.

« Bonsoir, monsieur ! C'est bien ici qu'habite Mme Emma Gardot ?

— Oui, c'est bien là... Mais, en ce moment, elle est à l'hôpital Notre-Dame de la Colline... »

Quand le taxi arrive à l'hôpital, il est 21 h 5. Les visites sont terminées. Il passe outre le règlement. Il demande à une infirmière :

— La chambre de Mme Gardot, s'il vous plaît...

— La 7 ! Mais c'est bien parce que j'ai lu votre livre, sinon je vous laisserais pas entrer !... Dépêchez-vous !... »

La chambre 7 était vide. Un peu plus loin, la porte de la 8 était ouverte. Deux femmes conversaient : l'une allongée, l'autre debout au pied du lit. Celle qui était debout tourna la tête, c'était Emma, la cousine de Denis. Il ne l'avait pas vue depuis vingt ans.

Elle reconnut Denis, fit quelques pas vers lui et se mit à pleurer. Elle n'avait plus de cheveux et il lui manquait un bras.

Il présenta Hanna à sa cousine.

Lors de cette première rencontre, ils se parlèrent peu. Trop à dire depuis vingt ans.

Pourtant avant qu'ils ne repartent, Emma demanda à Denis :

« Tu reviendras me voir, hein Denis... On a des choses à se dire... »

Il retourna la voir plusieurs fois cette année-là, la dernière de la vie de sa cousine.

Ce fut lors de sa seconde visite qu'eut lieu le premier choc déterminant de son histoire...

Emma lui demanda des nouvelles de sa mère, puis :

« Tu as combien d'enfants ?

— Trois garçons.

— Elle a l'air gentille ta femme...

— Elle l'est...

— Tu te souviens quand je t'ai appris à danser ?

— Oui, c'était bien...

— Je te prêtais des romans-photos...

— Oui, mais ton mari, Emma... Pourquoi je ne l'ai pas connu ?

— Il est parti avec une autre femme au bout de six mois de mariage, je ne l'ai jamais revu...

— Tu n'as pas demandé le divorce ?

— Non, ça m'était égal et puis, pour quoi faire ? Tu as vu comme je suis malade ? »

Y eut-il un moment de silence ? Ou Denis l'a-t-il inventé ?

La question fut simple :

« Et ton père ? As-tu retrouvé ton père, Denis ? Ta mère ne t'a jamais parlé de ton père ?

— Non... Elle ne m'en a jamais parlé... »

Il se sentait embarrassé !

Emma insista :

« Elle ne t'en a jamais parlé ?...

— Non...

— Et toi, tu ne lui as jamais demandé qui était ton père ?

— Non... »

C'était la première fois qu'un être humain parlait à Denis comme s'il était le fils d'un père.

Enfin l'idée d'un père prenait *corps*.

« Tu sais qui c'est mon père, toi ?

— Bien sûr, répondit Emma.

— Alors, c'est qui ? Dis-moi ! » fit Denis, brutalement impatient.

Il sentit les battements de son cœur s'accélérer.

« C'est un Algérien, Denis ! Ton père était un Algérien ! Ta mère ne t'a jamais dit que ton père était un Algérien ?... »

Il y eut deux secondes de silence, peut-être trois, et Denis dit à sa cousine :

« Tu es sûre ? »

Et la cousine affirma, légèrement irritée que l'on pût mettre sa parole en doute :

« Oui ! Oui ! je te le dis, tu es le fils d'un Algérien ! »

Pourront passer toutes les saisons, les années, les siècles, Denis sera toujours certain d'avoir perçu un sous-entendu dans la voix de sa cousine : il faudra t'y faire !

En cette fin d'après-midi d'avril, la tête en feu, Denis roulait comme un fou sur l'autoroute de l'Ouest. Il se répétait :

« Je suis le fils d'un Algérien ! Je suis le fils d'un Algérien ! Tu es le fils d'un Algérien et ils ne t'ont rien dit ! Ils ont eu honte ! Ils avaient honte ! »

Il voulait le crier à la face du monde :

« Je suis le fils d'un Algérien… »

Il pouvait même ajouter — il eut envie de le faire :

« Et je vous emmerde tous ! Maintenant je sais ! »

À Paris, Hanna lui demanda :

« Alors comment va ta cousine ? »

Il répondit :

« Pas très bien… Elle n'en a plus pour longtemps… La maladie la ronge, tu le sais. Je crois que c'est pour cela qu'elle m'a confié quelque chose. Elle m'a dit qui était mon père… C'était un Algérien… »

C'était la fin d'une étape.

Hanna le prit dans ses bras et lui dit doucement :

« C'est bien… À présent tu sais… »

Il retourna voir Emma régulièrement à Caen. Après chaque visite, il notait des bribes de leurs conversations dans un petit carnet qu'il déchira à la mort de sa cousine.

Dix années passèrent durant lesquelles il ne fit aucune recherche, aucun pas vers la vérité. Il était comme *sonné*.

« C'est parce que je suis le fils d'un Algérien que l'on n'a rien voulu me dire... C'est parce que la famille a eu honte... Je suis la honte de la famille... J'ai été toléré. Seulement toléré... »

Dans la famille maternelle, une phrase avait dû être chuchotée :

« Il ne doit pas savoir !... »

Lui revenaient des images de sa mère lorsqu'il était enfant : maux de ventre violents et répétitifs, chantage au suicide : « Il ne faut pas me contrarier sinon je vais me jeter dans la Seine, je vais me suicider, je vais me foutre en l'air !... »

Quand, à la moindre contrariété, elle se roulait à terre en hurlant, l'effet de terreur sur le petit enfant était immédiat.

C'est par cette méthode radicale qu'elle ôta à Denis toute envie de poser la question du père !

Sa déduction d'enfant était simple :

« Si maman se suicide parce que je suis méchant, et je suis méchant quand je pose des questions méchantes, alors je n'aurai plus de mère, DONC je resterai seul au monde puisque je n'ai pas de père... »

Alors il se tut !

Et lorsqu'il fut adulte il en déduisit que sa mère avait dû se persuader que c'était son histoire et que cela ne regardait qu'elle !

Castration du désir de savoir !

Mais on ne peut être sûr de rien !

De rien !

Rien !

Les murs se lézardaient. Apparaissaient des ombres, des fantômes...

Il avait *plus de souvenirs que s'il avait mille ans !*

Il était le fils d'un Algérien !

Fils d'Algérien.

Ces deux mots résonnaient dans sa tête et entraînaient des réflexions sur son passé, son service militaire et ses copains algériens qu'il aimait beaucoup et avec lesquels il avait tissé des liens sans connaître quoi que ce soit de ses origines... Son opposition à la guerre d'Algérie... Des injures lui revenaient, injures d'anciens camarades d'enfance qui le savaient sans père :

« Toi, t'es sûrement crouille avec la tête que t'as, ou alors t'es youpin !... »

Il avait le choix !

À cette époque de sa vie, il était anéanti, désarmé. C'est à ce moment-là qu'il commença à percevoir qu'il avait été floué, trompé, bafoué. Peu importaient les raisons : il était bien le cocu de son histoire. Devant l'énormité de la tâche, la lassitude et le renoncement s'emparèrent de lui... À quoi bon ? C'était trop tard à présent !

Il se dit qu'il n'irait pas plus avant, que ses

recherches s'arrêteraient là... que tout cela était inutile. C'était sans compter sur le « moi archaïque » comme lui fit remarquer Samuel.

Depuis qu'il avait conscience d'exister, il n'avait pu se résoudre à penser qu'il était comme les autres enfants, puis plus tard comme les autres jeunes gens ! Si Louise avait décidé de lui faire croire qu'il était un enfant comme les autres, c'était raté puisqu'il s'était toujours senti différent... Mentalement différent...

Il avait passé la quarantaine à présent. Les hasards de la vie avaient fait de Denis un homme public. Des métiers, il en avait essayé plusieurs : représentant en encyclopédies, professeur de français dans un cours privé, guide sur les bateaux-mouches, accompagnateur de voyages organisés... avec toujours le besoin d'écrire.

Dans les années 80, il décida que l'errance professionnelle était achevée. Il écrirait. Il écrivit... à un journal, un hebdomadaire, une lettre de demande d'emploi rédigée dans un style humoristique. La lettre eut l'heur de plaire au comité de rédaction et on lui confia un billet d'humeur. De billets d'humeur en chroniques, l'on commença à parler de lui dans le cercle restreint du monde journalistique. Il publia son premier roman, puis un second. Avec son troisième livre, il obtint un prix.

De nombreux libraires de Paris et de province l'invitèrent à venir signer son livre. Une librairie d'Elbeuf lui proposa une séance de signature un 23 mars.

C'était un samedi.

Le hasard l'attendait dans une librairie.

II

Ce samedi 23 mars, il entra dans la librairie à 16 heures précises. La signature devait avoir lieu de 16 à 18 heures.

La libraire, femme élégante mais austère, l'accueillit. Elle ressemblait à l'image que Denis se faisait de Madame Bovary.

Une petite table était dressée avec une pile d'exemplaires du livre de Denis.

« Vous avez fait bon voyage ?

— Très bon merci...

— Elbeuf n'est pas loin de Paris, c'est agréable pour ça, c'est pratique. Vous avez vu l'encart que nous avons passé dans le journal local ? Vous devriez avoir du monde... »

Un couple de jeunes gens entra dans la librairie, les premiers clients depuis l'arrivée de Denis. Ils vinrent à lui... et lui demandèrent un autographe. Une vieille dame poussa la porte, salua la libraire, choisit un journal régional, paya et sortit.

Quelque vingt minutes passèrent... Denis soupira en regardant sa montre... Encore une bonne heure et demie, puis il partirait. Derrière sa caisse, Madame Bovary faisait la tête.

À 17h30, Denis nota un petit mouvement de foule. Environ huit à dix personnes, un mouvement rarement dirigé vers Denis mais plutôt vers les hebdomadaires télé. Il eut une pensée émue pour les auteurs talentueux dans la misère...

« Vivement 6 heures, je vais rentrer chez moi. Hanna m'a promis un pot-au-feu. Un bon coup de bordeaux, la télévision et hop au lit ! Je vais passer une soirée de rêve... »

Un homme de taille moyenne s'approchait de lui.

Denis prit l'air indifférent devant le client éventuel.

L'homme, la cinquantaine, s'arrêta devant Denis.

Leurs regards se croisèrent. L'homme mit la main à son portefeuille, sortit une carte de visite et dit d'une voix timide :

« Bonjour, monsieur Forestier... Vous ne vous souvenez peut-être pas de moi mais moi je me souviens bien de vous. Nous avons joué ensemble quand on était enfants, avec mon frère. Nos deux familles étaient amies. Elles habitaient la même ville, à Hourécourt... »

Denis lut la carte de visite.

Martin Lemarre, peintre en bâtiments.

Tout alors lui revint. Ils étaient deux frères, Martin et Jacques. Leur mère s'appelait Marguerite, l'amie de sa grand-mère maternelle. Il se leva et embrassa Martin.

« Vous n'aviez pas un sanglier que votre père avait apprivoisé et qui venait manger dans sa main ?

— Si, répondit Martin.

— Le prénom de votre père c'était bien Germain ?

— Oui... Il est décédé il y a une quinzaine d'années. Ma mère, elle, vit toujours... Et la tienne ?

— Elle va bien. Elle est retirée en province, en Ardèche avec son mari...

— Ah ! Ta mère s'est mariée alors ?

— Oui... Avec un Espagnol émigré. Il s'appelle José, c'est un brave type...

— Je me souviens bien de ta mère... »

Denis ne se sent plus ridicule derrière cette pile de livres. Pour être vraiment heureux, il suffirait que Madame Bovary leur offre une coupe de champagne pour fêter ces retrouvailles, ou même une tasse de thé. Il s'en passera...

Martin et lui se donnent des détails sur leurs vies qui ont filé, leur jeunesse...

« Je suis marié, j'ai trois enfants.

— J'ai vu d'autres livres de toi en librairie, c'est ton dernier livre ? Je vais t'en acheter un ! »

Denis le lui offrit.

Comment la question fut-elle formulée ? Comment fut-elle posée ?

Est-ce Martin qui commença le premier ?

« Tu n'as jamais eu de nouvelles de ton père ? »

Est-ce Denis ?
« As-tu des détails sur mon père ? »

« Je ne sais pas grand-chose. Je sais seulement que ton père était algérien. C'est ma mère qui me l'a dit. C'est tout ce que je sais... Mais si tu veux des détails tu devrais l'appeler, elle en sait plus que moi. »

Denis regarda sa montre. Il se leva sous l'œil mauvais de la libraire.

Madame Bovary lui apporta son manteau. Elle serrait les dents.

« Vous en avez vendu neuf !

— J'aurais pu faire moins... Au revoir madame ! »

Il avait l'esprit ailleurs. Avant de monter dans sa voiture, il embrassa Martin.

« Merci, embrasse ta mère pour moi et dis-lui que je l'appellerai demain matin.

— Demain matin ? Elle sera chez elle... Chaque dimanche, je viens la chercher vers midi pour déjeuner. »

Il dit encore :

« Bonne chance... J'espère qu'on se reverra... avant cinquante ans. »

C'était donc la seconde fois, à dix années de distance, qu'une tierce personne lui affirmait qu'il avait un père. Il se retrouvait dans le même état d'émotion qu'à Caen avec sa cousine : même cœur battant, même tête en feu… avec des interrogations supplémentaires :

Et si ce père vivait encore ? Et s'il allait le voir ? Le toucher ? Et s'il vivait en France ? Mais s'il était retourné en Algérie ?

Il rêva tout le long de la route vers Paris. Il en rêva la nuit.

Le lendemain matin, son premier geste fut de téléphoner à la mère de Martin.

III

Denis n'avait pas revu Marguerite Lemarre depuis plus de trente ans. Comment allait-il renouer avec elle ? Il n'avait souvenir d'aucune brouille mais il n'était jamais retourné à Hourécourt puisque Louise et sa grand-mère avaient émigré à Paris.

Denis forma le numéro de l'abonné Lemarre Marguerite. La sonnerie retentit dans ses oreilles plus de huit fois avant qu'on ne décroche.

« Allô ? fit une petite voix de vieille dame.

— Je suis bien chez Mme Lemarre ?

— Oui...

— Bonjour, madame, c'est Denis Forestier... J'ai rencontré votre fils Martin hier à Elbeuf.

— Oui, bonjour Denis. Martin m'a dit qu'il t'avait vu... Tu peux me dire *tu*, tu sais, je t'ai connu tout petit. Tu venais souvent chez nous avec ta mère Louise et la mère Drancourt, ta grand-mère... »

C'est tellement simple parfois de renouer avec le passé. On s'en fait souvent des montagnes.

La vieille dame continuait à parler, calme, sans émotion apparente.

« Je suis contente de t'entendre, Denis... Et ta mère, elle va bien...

— Oui. Elle est à la retraite à présent avec son mari... »

Malgré son impatience, il ne devait pas brusquer Marguerite. On ne rattrape pas quarante ans de silence imposé, en quelques minutes, si intenses soient-elles. Il respira profondément tandis que Marguerite parlait à son rythme.

« Martin m'a dit que tu étais à la recherche de ton père. Tu as raison de le chercher. Chacun a besoin de connaître ses racines... Mais je suis étonnée que ta mère ne t'en ait jamais parlé ? Tu ne lui as jamais demandé, toi ?

— Non, je n'ai jamais osé lui en parler... Tu sais, Marguerite, je l'ai tellement entendue hurler durant mon enfance et se rouler par terre lorsqu'un événement la contrariait. Je l'ai souvent entendue dire : il me faut beaucoup de calme et d'amour autour de moi... Mais toi, Marguerite, as-tu des détails sur mon père ? Sais-tu quelque chose ?

— Écoute, Denis, ce que je sais... »

Il allait apprendre quelque chose de nouveau...

« C'est la mère Drancourt qui me l'a raconté quand elle revenait parfois au pays, avant qu'elle soit trop vieille pour voyager. On en parlait chaque fois qu'elle me rendait visite... Elle ne voulait pas qu'ils se marient ta mère et lui... Et puis il y aurait eu une histoire avec ton oncle Émile... Il se serait battu avec ton père à la sortie de l'usine à Saint-Denis. Justement à cause de ta mère. »

Les propos de Marguerite lui faisaient froid dans le dos, mais il la laissa continuer.

« La mère Drancourt m'a raconté que ton père serait retourné dans son pays, en Algérie, après la guerre... Il aurait écrit une lettre à ta mère en lui jurant qu'il voulait l'aider à élever son enfant...

— Et alors ?

— Alors rien. Ta grand-mère a intercepté la lettre et l'a déchirée... Louise n'en a jamais rien su. La mère Drancourt m'a dit aussi que ton père était un Kabyle... »

Denis lui fit répéter :

« Un... Kabyle ?

— Oui, un Kabyle. »

Pourquoi le mot *Kabyle* l'enthousiasma-t-il ?... Dans l'instant, il n'aurait su répondre... Mais, étrangement, ce mot calma un peu son anxiété.

Il se souvint de son court passage au service militaire où il avait rencontré des Kabyles enrôlés dans l'armée française : Chenkhour, Ruibi... Il était des leurs et il ne le savait pas.

Denis remercia Marguerite et lui promit de venir l'embrasser et lui présenter sa femme.

Des Kabyles, il y en avait des millions... Il devait trouver le sien. Mais comment ?

L'enthousiasme fit très vite place au découragement amer.

Il envisagea des solutions folles : interroger tous

les Kabyles, Chaouias de Paris, de Saint-Denis, de la banlieue.

Le questionnaire serait le suivant : « Avez-vous connu Louise Drancourt en 1938 à Paris ou ses environs ? Si oui, vous souvenez-vous lui avoir fait un enfant ? Si la réponse est positive, je suis votre fils, alors bonjour papa, t'as vieilli mais je suis heureux de te connaître. »

C'était absurde. Pourtant le mur du silence familial donnait des signes de faiblesse. Des lézardes, d'où s'échappaient des mots graves, se dessinaient. Des fuites à l'étage du cœur... Le mur du silence, c'était son mur de la Honte... Un jour ou l'autre il s'effondrerait.

Tous les murs finissent par tomber.

Tous les silences aussi finissent par faire du bruit. Tous les silences finissent par parler.

Denis s'était mis en marche pour retrouver les « siens ». Rien ni personne ne l'arrêterait. Il devait coûte que coûte renouer avec la *branche algérienne !*

Au-delà de la terreur que lui inspirait Louise, sa mère, c'était comme un devoir qui s'imposait à lui, pour lui, pour ses enfants, pour que ses enfants puissent dire : « Mon grand-père était kabyle... Il travaillait dans... »

Ne plus avoir honte ! Dire à haute voix, énoncer clairement :

Moi, Denis Forestier, fils de Mlle Louise Drancourt, mon père est kabyle.

Il est né à... Oui mais... Où ? Où est-il né ?

Il lui restait encore du chemin à parcourir.

Et qui trouverait-il au bout du chemin ? Des morts ? Des vivants ? Personne ?... Quête inutile pour ceux qui refusent de comprendre ? Quête dérisoire pour d'autres ? Désormais son but était fixé : reconstruire le puzzle... retrouver les morceaux cachés, enfouis...

IV

Retrouver son père lui était devenu à présent naturel... Il s'était mis en tête de le revoir et personne ne pourrait le faire changer d'avis...

À Samuel il donna des nouvelles de sa quête et des difficultés qu'il éprouvait à réunir d'essentiels éléments.

Samuel s'étonna :

« Pourquoi ne demandes-tu pas à ta mère ? C'est ton droit. »

Denis lui réitéra ses raisons : la peur, la terreur !

Samuel écouta sans rien dire. Denis raconta ce qu'il savait : le père kabyle, la lettre, la bagarre avec l'oncle.

Samuel dit :

« Les Kabyles sont des gens fiers et beaux... »

Il dit encore :

« Tu veux vraiment retrouver ton père ?

— Oui...

— Alors on va y réfléchir... »

Ainsi parla Samuel en cette fin de matinée d'un jour d'été sur le boulevard Saint-Germain. Il était midi.

V

[illegible]

[illegible] visi[illegible] [illegible]

[illegible] Quintana [illegible]

V

Si Denis avait dû écrire son histoire, c'est seulement à cet instant du récit que lui serait revenu en mémoire l'épisode des lettres cachées.

Il avait treize ans, peut-être quatorze…

Un jour de congé scolaire, il rendit visite à sa grand-mère Drancourt. C'était pour lui l'occasion de jouer aux dominos, d'écouter la radio et de recevoir à chacune des visites la pièce de cinq francs qu'elle mettait de côté à son intention. Elle la retirait d'un vieux porte-monnaie noir qu'elle cachait au fond de l'armoire de sa chambre. Avec son lit, une table ronde, un buffet, deux chaises, c'était tout ce qu'elle possédait… Avec aussi une étagère installée à hauteur d'homme sur laquelle étaient posés deux ou trois vieux cartons remplis des journaux de l'époque : *Combat, Franc-Tireur, Libération.* À cette étagère était fixée une tringle qui soutenait un rideau. Celui-ci pendait jusqu'au sol. En le tirant d'un côté, on découvrait une vieille caisse en carton sur laquelle on pouvait lire « Byrrh » ou « Raphaël Quinquina ».

Un jour Denis écarta le rideau.

La grand-mère était dans sa chambre, près de la fenêtre, assise silencieuse, regardant les passants se presser au soleil couchant... Il s'agenouilla devant la caisse, elle était remplie à ras bords de divers objets : pelotes de laine maigrichonnes, aiguilles à tricoter dépariées, petits coupons de tissu fleurant la naphtaline, boutons de toutes les couleurs.

Il vida la caisse de son contenu.

Denis découvrit un paquet de lettres ficelées, avec, au-dessus du paquet, un petit carnet rouge. Il défit le cordon des lettres. Le carnet tomba à terre. Il posa les lettres sur ses genoux, ouvrit le carnet. Il reconnut l'écriture de sa mère... des brouillons de lettres peut-être.

Des lettres qui commençaient par : *Nos soldats ont froid sur le Front.* Il tourna les pages du petit carnet rouge. *Le père de mon enfant...* Il s'arrêta. Ce n'était pas le début de la phrase. Il relut : *J'ai l'honneur de vous demander une bourse pour élever mon fils...* Il s'arrêta à nouveau, puis continua : *le père de mon enfant m'ayant abandonnée.*

Abandonnée... !

Il referma le carnet, reprit le paquet d'enveloppes, les regarda un moment avant de se décider à en choisir une.

La lettre, écrite par la grand-mère Drancourt, était adressée à Louise. Il déplia le feuillet.

Sa mémoire retiendra des bribes de phrases : *J'ai failli me trouver mal quand j'ai appris la nouvelle... Le facteur m'a apporté ta lettre.*

Cela, tout cela concernait sa naissance. Il avait

entre les mains tout ce qui lui avait été dissimulé. Son existence physique, son corps, tout de lui était contenu dans cette correspondance échangée entre les deux femmes, son histoire et sa préhistoire !

Il replia la lettre, la remit dans son enveloppe.

Il alla dans l'autre pièce où se trouvait sa grand-mère, lui tendit les lettres et demanda :

« Qu'est-ce que c'est que ces lettres, dis ? »

Elle aurait voulu répondre de façon anodine mais elle n'y parvint pas. Elle eut une réaction très vive :

« Ça ?... Ne t'occupe pas de ça, veux-tu ! Ce sont des lettres que j'écrivais à ta mère quand j'étais encore à la campagne et qu'elle travaillait à Paris... D'ailleurs je ne sais pas pourquoi je garde toutes ces lettres... »

À la visite suivante, le paquet de lettres avait disparu.

Denis garda toujours pour lui la raison pour laquelle il n'alla pas plus loin dans la lecture des lettres : sa grand-mère y traitait sa mère Louise de noms qu'il ne pouvait pas répéter. La mère couvrait sa fille d'injures. Il s'imagina lui aussi couvert d'injures depuis sa naissance...

Et même avant...

VI

> Quand on demandait à Cendrars de préciser une période de sa vie qui pour certains n'était pas claire, il répondait : « Je brouille les pistes. »

La dissimulation était un art savamment entretenu chez les Forestier mère et fils. Ils étaient tous deux devenus experts en dissimulation et complices dans la simulation.

Tous les deux seuls, face aux autres, SAVAIENT...

Ils savaient, la mère et le fils, qu'il y avait un *cadavre*, un secret entre eux...

« J'ai mon secret », pensait la mère ; pendant que le fils se disait chaque fois qu'il était en face de sa mère : « Tu as ton secret et tu sais que je le connais... »

Pendant des années, on avait fait croire aux trois enfants de Denis, par un consensus librement accepté sous le terrorisme de sa propre mère, que

José, le républicain espagnol, était le grand-père naturel.

Mais… José avait une mère, très âgée, qui habitait en grande banlieue. Et Louise voulut à tout prix la dissimuler à ses petits-enfants. Il arrivait que l'on parlât d'elle dans les repas de famille, mais en termes voilés. Pis, quand elle mourut, Louise et José chuchotèrent la nouvelle de son décès.

Lorsqu'on parlait de la famille, c'était toujours la branche *maternelle* qu'on évoquait.

José ne parla jamais de la guerre d'Espagne à ses petits-enfants. Et il refusa de leur apprendre l'espagnol. Il parlait presque couramment le français avec un accent chuintant.

Quand ils étaient encore petits, les enfants de Denis demandaient parfois :

« Pourquoi grand-père José ne porte pas notre nom, Forestier ? »

Louise répondait :

« Parce qu'il est espagnol !… »

Ils devaient se contenter de cette réponse. Plus tard, ils comprirent que quelque chose clochait.

Le mensonge avait pris racine. Le discours familial était empoisonné, gangrené, falsifié. C'était comme une sorte d'envoûtement de la famille par la mère de Denis. Possédée qu'elle était du secret, détentrice elle seule du secret, Louise avait envoûté les siens, tout son entourage.

Avait-elle eu recours à des sortilèges, avait-elle usé d'un pouvoir d'hypnose ?

Elle était la plus forte, le gendarme de la famille, celle qui crie, qui hurle, qui éructe, qui régente.

Denis subissait, ne se révoltait pas. Une partie de sa volonté était anéantie, éliminée, tuée, effacée.

La mère imposait sa propre vision de l'Histoire… Au besoin, elle la révisait, inventait, réinventait, faisait taire :

« Tais-toi, j'ai mal à la tête », fut son mot d'ordre mille fois répété lorsque les questions de Denis se faisaient trop précises.

Au fil des saisons, elle peaufinait son plan d'étouffement du désir filial de savoir.

Comme une araignée aimante, une mère tissait sa toile afin de retenir dans ses fils les désirs de son fils…

VII

Denis en savait trop et pas assez.

Il commença à parler de son histoire autour de lui.

Le premier de ses défauts : il était bavard. Sa mère ne le lui avait-elle pas reproché un jour de grande dispute ? Mais on ne peut rien contre le *trop-plein émotionnel.*

Alors Denis parla à ses amis. Au début, il éprouvait une certaine gêne à énoncer les mots clefs. Algérie, Algérien, Kabyle. Sur ses gardes, il guettait les réactions de ceux qui, incrédules, l'écoutaient raconter son incroyable histoire.

Samuel était ennuyé pour son ami.

« Sans le nom de ton père, on n'arrivera à rien. Évidemment, on pourrait faire passer une annonce dans un journal de l'émigration demandant aux personnes qui auraient fréquenté ta mère de bien vouloir se faire connaître. Mais ton père est peut-être retourné là-bas en Kabylie. Qui sait ? Peut-être a-t-il des frères ?... Dans la famille de ta mère, y aurait-il quelqu'un encore en vie que tu pourrais interroger ? J'imagine qu'on a dû parler de ta naissance dans ta famille. Je suis certain que quelqu'un connaît le nom de ton père...

— Tu as raison, répondit Denis embarrassé. C'est vrai, il y a une personne, Marthe, la sœur de ma mère. Son mari, mon oncle Abel, est mort il y a vingt ans. Je sais qu'ils avaient quitté Paris pour Hourécourt où ils avaient fait construire une petite maison...

— Alors tu dois aller la voir.

— Mais ma mère n'a plus eu de ses nouvelles depuis une brouille stupide au sujet d'un repas d'anniversaire auquel elle prétendait ne pas avoir été invitée. Marthe avait juré qu'elle lui avait envoyé une invitation, mais ma mère était persuadée du contraire. Alors elle lui avait écrit une lettre d'engueulade en la traitant de menteuse. Moi, j'avais rajouté le mot *pouffiasse.* Comme elles ne s'étaient jamais vraiment bien entendues, cela entérina leur désaccord.

— Tu dois aller la voir... Si elle est vivante, tu t'excuseras platement, tu lui demanderas pardon et en même temps que son pardon, tu lui demanderas le nom de ton père. Vas-y, Denis, c'est la seule solution !

— Et si elle était morte ? » fit Denis pour gagner du temps. L'idée d'une confrontation avec cette femme qu'il avait insultée vingt-cinq ans auparavant ne lui plaisait guère.

« Si elle est morte, c'est autre chose... Mais il y a une autre solution, si tu l'acceptes. J'irai voir ta mère et je lui dirai : Voilà, Denis aimerait bien connaître le nom de son père et éventuellement le retrouver… Il n'ose pas vous le demander, il me dit que ça vous rendrait malade et qu'il a peur de vos réactions… Mais moi je suis sûr que vous êtes plus raisonnable qu'il ne le dit et que vous comprendrez que sa démarche est normale. Vous êtes une femme intelligente, il n'y a pas de raison que vous refusiez de faire ce cadeau à votre fils… Je verrai bien ce qu'elle fera, après tout, elle ne va pas me tuer, je sais me défendre, j'ai fait la guerre du Kippour. Si elle hurle, je la laisserai hurler… »

À la pensée que Samuel puisse voir Louise se jeter sur lui, hurler ou porter sa main vers son cœur en se tordant de douleur, Denis eut honte une fois encore.

Il dit d'une voix qui se voulait assurée :

« Tu as raison ! J'irai voir ma tante… »

VIII

Mais la vie sépare ceux qui s'aiment, dit le poème de Prévert.

« Elle sépare aussi ceux qui ne s'aiment pas », pensait Denis.

Ce qui lui restait de son enfance, c'était les bruits et les fureurs, les voix hurlantes des femmes. Des mots aussi s'accrochaient à sa mémoire : *salope* revenait souvent, suivi de près par *saleté,* sans oublier le mot *con* servi à toutes les sauces : gros, petit ou grand.

C'était cela l'héritage linguistique des Forestier. Peut-être était-ce à cause de cette pauvreté de vocabulaire qu'il se tourna très tôt vers la poésie. Enfant, il avait commencé à écrire des vers libres où il était déjà question de mur.

Denis butait sur l'histoire de ces Atrides. Comment pouvait-on être de la même famille et ne pas s'aimer.

Il hésita quelques jours, puis quelques jours encore — dix au total. Il réfléchissait à l'attitude à tenir devant cette femme qu'il n'avait pas vue depuis une vingtaine d'années et qui peut-être lui livrerait le nom de son père, jouerait le dernier acte du *Secret*.

Enfin un matin, il se leva, fit les gestes quotidiens d'un homme ordinaire. Il parla avec sa femme de la scolarité des enfants. Un rayon de soleil plongeait dans son bol de café. C'était un samedi dans toute la France, un samedi de mai... Il était 9 heures et demie.

Soudain il annonça en quittant la table :

« Je vais voir la tante Marthe... Si je n'y vais pas aujourd'hui, je n'irai jamais. Je n'en aurai pas le courage... »

Hanna lui dit simplement :

« Fais attention sur la route... Tu roules trop vite quand tu es énervé... Téléphone-moi... »

Dans sa voiture il ne pensa qu'à cette rencontre : Serait-elle encore en vie, cette femme ? Et, si elle vivait, comment l'accueillerait-elle ? Si elle lui demandait des excuses, il lui en ferait pendant une heure, deux heures même si elle l'exigeait ! En sortant de l'autoroute, il s'arrêta pour prendre un café. Il demanda au patron du bistrot où se situait la rue des Marchands.

C'était à l'autre bout d'Hourécourt, près des nouveaux lotissements, à côté d'un supermarché qui venait d'ouvrir.

Denis téléphona à Hanna pour la rassurer... avant de vivre les derniers instants du mystère.

Trois fois encore il demanda son chemin. À chaque fois il n'écoutait qu'à moitié.

Enfin il arriva à destination. Il se gara au début

de la rue afin de marcher un peu. Il remit ses vêtements en ordre.

Il était devant le numéro 21. Un pavillon aux tuiles rouges semblable aux autres pavillons à l'entour.

Il sonna... Une fois, deux fois... La porte d'entrée s'ouvrit. Une vieille femme sortit. Elle portait un tablier bleu foncé.

« Qu'est-ce que c'est ? »

Denis reconnut sa tante Marthe.

« C'est Denis... Denis Forestier. Ton neveu... »

Marthe s'approcha de lui.

« Ah oui ! C'est bien toi, je te reconnais... »

Elle sortit une clef de la poche de son tablier et lui ouvrit le portail.

« Entre ! Tu n'as pas changé... Tu as écrit des livres, je les ai vus à la maison de la presse. Mais je ne les ai pas achetés. Je lis pas, ça me fait mal aux yeux... »

À cet instant précis, Denis n'éprouvait plus aucune émotion. Il était résolu, de toutes ses forces, de toute sa volonté, à atteindre son but : obtenir le nom...

Il embrasse sa tante une fois, deux fois, trois fois... quatre fois... puis attaque sans frémir.

« Je viens pour m'excuser... J'ai pensé qu'après toutes ces années tu pourrais nous pardonner pour ce que l'on t'avait écrit.

— Oui ! Ça vous m'en avez écrit une belle

lettre… Mais je suis contente que tu sois venu t'excuser. Entre. J'étais en train de faire le ménage. »

Denis pénètre dans le pavillon.

Pour l'heure, il se compose un personnage repentant… Voici une minute trente qu'il est face à la vieille Marthe…

Elle enchaîne : « Et ta mère, elle vit toujours ?

— Toujours… »

Arrive l'incontournable question, preuve que sa naissance fut un événement de taille :

« Et ton père, tu l'as revu ?

— Non… Justement, puisque tu m'en parles, je voudrais bien le retrouver mais je ne connais pas son nom…

— Ta mère ne te l'a pas dit ?

— Non…

— Assieds-toi… Tu veux le savoir son nom ?

— Oui… Tu le connais son nom ?

— Bien sûr… Tu veux que je te le dise ? »

Trente-six mille oreilles de Denis sont prêtes à recevoir la nouvelle, la parole, le message « paternel ».

Tombe le nom… Tombe le nom… IL TOMBE…

« Tu t'appelles AÏT-SALEM… »

Denis lui fait répéter :

« AÏT-SALEM ! »

Ce nom rebondit sur les soixante-douze mille tympans des trente-six mille oreilles de Denis. « Elle m'a donné le nom du père ! de mon père… son nom… MON NOM… Celui dont on m'a privé pendant plus de quarante ans… Vertige de la connaissance… Ivresse de l'altitude… Une minute trente de dialogue... Il aura suffi d'une minute trente de dialogue pour que s'écroule la citadelle que l'on voulait indestructible... Minable château de sable que la mer anéantit avec les vagues du passé... Une minute trente de dialogue a anéanti quarante-cinq années de silence.

Denis savoure l'intensité du moment. Autour de lui, la vieille Marthe s'agite.

« Un café, tu veux un café ?..

— Je veux bien... »

Il demande à téléphoner à Hanna pour lui annoncer la nouvelle du siècle, celle qui devrait faire la une de tous les journaux du monde : Denis a retrouvé son vrai nom.

Une découverte qui va tout bouleverser sur l'échiquier familial !

Intense émotion dans le monde...

Dès qu'il a appris la nouvelle, le pape lui-même, Sa Sainteté Jean-Paul II a envoyé un télégramme de félicitations au chercheur : télégramme rédigé en ces termes : HABEMUS PATER !

La presse audiovisuelle aussi fait son gros titre avec l'information du jour : Un père pour Denis Forestier, cet homme de plus de quarante ans, terrorisé par sa mère qui le séquestrait depuis son plus jeune âge dans un sinistre placard à sentiments et à ressentiments... Un document bouleversant, voire insoutenable... La mère de la victime a été laissée en liberté surveillée. Elle a déclaré aux journalistes qu'elle était victime d'un complot, qu'elle a toujours fait son devoir et qu'elle était victime d'une machination.

« Allô Hanna… C'est moi… Je sais comment je m'appelle !… Denis AÏT-SALEM ! Mon père s'appelle AÏT-SALEM ! Tu te rends compte ?

— Je suis heureuse pour toi, Denis… Fais attention en revenant sur la route. Conduis doucement… »

C'était donc ça, naître, avoir un père ? Pouvoir donner son nom ? L'épeler ? C'était si simple…

C'était le jour de sa victoire. Il aurait bien prononcé un discours solennel à sa tante : Ma chère tante, je mesure le poids de l'Histoire, de nos pauvres vies. Il demanda simplement à Marthe :

« Où se sont-ils rencontrés ? »

Car il fallait reconstruire le roman afin que les fils de la parentèle renouent après ces années de discorde, réconcilier les deux parties, mais avaient-elles été fâchées ?

« Ils se sont connus à Saint-Denis. Ton oncle Émile y habitait. Avec une nommée Bernadette. Ta mère vivait chez eux. Je ne sais pas où, je ne m'en souviens plus, c'est trop loin… Mais ce que je sais, je m'en souviens bien, c'est bien là qu'ils se sont connus… Ils s'aimaient, ça je le sais… C'est… »

Silence de la vieille femme. Denis l'aide à dire :

« Pourquoi ils ne se sont pas mariés ?… »

La réponse est reçue par Denis comme une giclée de pus :

« Il ne plaisait pas à notre mère, la grand-mère Drancourt. »

La phrase est énoncée comme un verdict en cour d'assises.

Ne plaisant pas à la grand-mère Drancourt, le père du fils à venir est condamné à disparaître et à renoncer pour l'éternité à son droit de paternité…

Il revoit la scène, impuissant. Il est dans le ventre de sa mère, bloqué. Il ne peut s'en échapper, il crie : « C'est mon père, laissez-le en liberté. Il veut épouser ma mère. Ils s'aiment. Laissez-leur une chance… Attendez que je naisse, je vous expliquerai… »

Le père disparaît par la porte des condamnés de l'Histoire. Il ne connaîtra jamais son fils. Le fils ne connaîtra jamais son père…

« Tu l'as connu mon père ?

— Je l'ai vu une fois, il était venu rendre visite à ta mère dans une maison de repos pour jeunes filles.

— Comment était-il ?

— Frisé comme toi, de ta taille !…

— Pourquoi ma mère se trouvait-elle dans une maison de repos ?

— Parce que c'est là que les familles plaçaient les jeunes filles enceintes pour les cacher jusqu'à l'accouchement. »

C'est la descente dans l'Ignoble… Il éprouve une légère nausée.

Marthe, au téléphone, bat le rappel de ses enfants afin qu'ils puissent dire bonjour à Denis…

que l'on n'a pas vu depuis vingt-cinq ans et qui écrit des livres !...

Cousins, cousines, neveux et nièces, tous inconnus, sont accourus de tous les coins d'Hourécourt.

Cette foule qui acclame le vainqueur d'aujourd'hui, le couvrant de baisers, le félicitant pour son courage, agitant les petits drapeaux invisibles de l'honneur familial, c'est la même foule qui criait *mort au bâtard* et qui collaborait à la purification de la famille en appliquant le vieux principe : Famille unie — Famille patrie.

Ils fêtaient le retour de Denis, sorti d'une longue clandestinité, et dans la joie qu'ils affichaient, il n'aurait pu dire s'il s'agissait de la joie de le revoir ou la joie de fêter une célébrité.

Il ne put s'empêcher de penser que TOUS connaissaient son histoire...

Tandis qu'ils s'agitaient autour de lui en une démonstration générale d'allégresse, il éprouva comme de la haine en pensant qu'aucun d'entre eux ne le fêtait comme étant le fils d'un Kabyle mais comme la gloire de la famille Drancourt.

Comment l'avaient-ils évoqué, lui, Denis, lorsqu'ils parlaient de la tante Louise qui avait *fauté*. De quelle épithète s'étaient-ils servis pour le *qualifier ?*

Il les trouva misérables et douta de la chaleur de leur accueil.

Qu'importe, il repartait avec le nom de son père !...

IX

À présent, il voulait dire l'absence…

L'absence de détails concrets oblige l'imagination de Denis à faire œuvre de reconstruction. Absence de détails… Détails imaginaires de l'absent…

Quel était le nom du bateau qui partit un jour des années 30 des côtes d'Algérie, emportant le futur père en terre de France ? Était-ce le *Ville-d'Alger ?* … Était-ce d'Alger qu'il partit ?… Était-ce le *Port-Saïd ?* … Quel jour était-on ? Un jeudi, un dimanche ? Quel mois ? Septembre ? Octobre ?

Quels habits portait-il ce père ? Un burnous ? Un costume à l'européenne ? Quels furent ses compagnons de traversée ? Vint-il en France avec ses cousins ? Au bout de combien de jours débarqua-t-il à Marseille ?

Où logea-t-il ? Prit-il le train à la gare Saint-Charles pour monter jusqu'à Paris ?

Laisse-le parler, Denis…

Je m'embarquai un jour des années 30 sur le Ville-d'Alger *pour Marseille, que nous atteignîmes, mes com-*

pagnons de voyage et moi-même, après une pénible traversée. Il y avait avec moi des copains de ma région. J'étais vêtu de mon burnous. À vrai dire, je ne m'en souviens plus très bien... Peut-être avais-je une veste... Je portais une chemise blanche, c'est sûr. Dans ma valise, en plus de quelques vêtements, il y avait des figues et une galette préparée par ma mère qui pleura beaucoup à mon départ.

Marseille grouillait de monde : Algériens, Marocains, Tunisiens, Sénégalais, Malgaches, Annamites. Je me promenai sur le port après avoir déposé ma valise dans un hôtel qu'un cousin déjà monté en Métropole m'avait indiqué. Je restai un jour à Marseille. J'admirai Notre-Dame-de-la-Garde à la tombée du soir. Et mon cœur se serra en voyant le soleil rouge décliner à l'horizon... Je pensai à mon petit village de Kabylie que je venais de quitter et à tous les miens...

C'était la gloire de SON père que Denis cherchait... La seule chose que sa mère ne pouvait l'empêcher de faire, c'était de rêver son père, de l'imaginer, de le faire parler... Il tenta d'imaginer sa voix. Était-elle grave ? Aiguë ? Avait-il un accent ?

Mais de quel droit parlait-il de son père à l'imparfait ou au passé comme s'il était mort ? De quel droit faisait-il mourir son père alors que lui, son fils, venait à peine de naître avec la naissance de son nom ?

Et pourquoi serait-il mort ? Et s'il était mort, ce père, pourquoi Denis n'aurait-il pas été averti par un télégramme : *Père décédé. Enterrement mercredi.* Ou encore : *Père mourant te réclame...*

Un sentiment de jalousie l'étreignit en pensant que ses cousins et cousines connaissaient le nom de son père AVANT LUI !

« Et de quel droit ? Pourquoi l'ont-ils su avant moi ? »

Le monde est rempli de gens qui traversent la vie sans savoir qu'ils font du mal.

Avant d'arriver au péage de l'autoroute, Denis répéta son nom à haute voix : AÏT-SALEM ! Il le cria avant de baisser la vitre : AÏT-SALEM !

À l'employé qui lui tendait la main il fut sur le point de dire :

« Qu'est-ce que vous avez à me regarder comme ça ? Vous voulez savoir comment JE M'APPELLE ! »

L'employé l'avait échappé belle. Deux secondes de plus à le dévisager et il aurait pris son nom en pleine figure.

Seul dans sa voiture, Denis savourait une demi-victoire. Marthe, malgré ses efforts, n'avait pu se souvenir du prénom de son père.

« À quoi cela servirait-il de savoir que ton père s'appelle Dupont, lui avait dit Samuel, si tu n'as pas son prénom, des Dupont il y en a des milliers ! »

Des Aït-Salem aussi sûrement ! Mais, petite différence d'appréciation, le père de Denis ne s'appelait pas Dupont !...

Rien cependant n'était perdu puisqu'il avait des indices : Saint-Denis... la Kabylie... les Kabyles... et puis surtout, le nom...

Dans la tête de Denis, son père, le conteur, poursuivait :

De Marseille, j'ai pris le train pour Paris où j'avais l'adresse d'un hôtel tenu par un gars du pays. En fait, c'était pas vraiment dans Paris mais à l'extérieur, à Saint-Denis. J'avais des cousins qui travaillaient en usine. Mais je te laisse chercher, mon fils... Tu possèdes trois éléments : Saint-Denis, la Kabylie et ton nom, Aït-Salem !

Le soir, il répéta à Hanna les paroles de Marthe. Chaque mot fut pesé, analysé...

D'où lui vint cette inspiration qui le poussa, geste simple, spontané et désarmant de banalité, à composer le 12.

Une voix sèche et nette l'informa :

« Renseignements Télécom, j'écoute... »

Il allait presque s'excuser :

« Bonjour, madame, je voudrais un numéro de téléphone...

— Le nom de l'abonné ?

— Aït-Salem !

— Voulez-vous épeler ? »

Denis épela.

« Quelle ville ?

— Saint-Denis...

— Ne quittez pas ! »

Passèrent les secondes... Puis :

« Nous avons plusieurs Aït-Salem... Quel prénom ?

— Je ne sais pas...

— Alors vous avez droit à trois noms, trois numéros !... »

Elle énonça les noms et les numéros que Denis nota avec soin. Il remercia.

Il avait trois numéros, trois Aït-Salem avec trois prénoms différents. Mahmoud, Michel, Monique...

« Hanna, tu te rends compte, les Aït-Salem vivent encore à Saint-Denis ! Ils sont de chez moi, ils vivent près de chez moi, et nous ne nous sommes jamais vus depuis plus de quarante ans ! Peut-être même ignorent-ils que je suis né ? Si je leur téléphone, comment vont-ils m'accueillir ? Me reconnaîtront-ils comme un des leurs ? Et si mon père habitait encore Saint-Denis ? »

Il avait, dès ce soir, la ferme intention d'aller jusqu'au bout de l'affaire, de renouer les fils de l'Histoire. Chercher, chercher encore... Il réussissait les épreuves l'une après l'autre sur ce chemin initiatique. Les montagnes qui lui barraient l'horizon depuis des années s'écroulaient sans fracas, sans bruit, sans fureur maternelle comme si elles avaient compris qu'elles étaient dorénavant inutiles ! Obsolètes, les montagnes !...

En peu de temps, Denis avait glané beaucoup d'informations. Il ressentait le besoin de ralentir un peu le flot des découvertes.

Il décida que c'en était assez pour aujourd'hui, comme si, avant l'inéluctable confrontation avec les siens, ceux de sa race, avec leur passé, leur histoire, leur culture, il avait voulu mettre à l'épreuve, dans un dernier effort, sa volonté de savoir. Il voulait être sûr de sa volonté de savoir.

Ce n'était pas son désir qui s'émoussait, mais il ressentait la nécessité de regrouper ses forces, de reprendre son souffle avant de plonger dans ce Passé qui était aussi le sien.

Un ultime combat.

X

Elle revenait parfois à Hourécourt, la grand-mère Drancourt. Elle y retrouvait ses amies de jeunesse. Ensemble, elles parlaient du temps passé, des disparus, de ceux qui étaient en passe de le devenir, des mariages, des naissances...

Cette nuit-là, l'insomnie est tenace. Denis pousse son imagination jusqu'à ses extrêmes limites. C'est son père qu'il imagine retournant au pays, comme la grand-mère Drancourt l'a peut-être imaginé avant lui.

Il a la photo de Denis dans son portefeuille... *Il* est fier, *il* la montre à ses camarades... *Il* leur dit que son fils fera des études, qu'il ne travaillera pas à l'usine comme lui...

La mère Drancourt, elle, a rendu visite à Marguerite Lemarre. Pendant qu'il tente de s'endormir, Denis pense à ce dialogue entre les deux vieilles amies :

« Que s'est-il passé ?... Pourquoi le mariage n'a pas eu lieu ?...

— Eh bien, ma pauvre, tout était prévu, les bans avaient été publiés. On l'attendait à la mairie et il n'est jamais venu !... »

Il, c'est le père de Denis... Pour laver l'honneur souillé de la famille, la mère Drancourt avait inventé cette histoire de fiancé qui joue la fille de l'air le jour de son mariage...

Quand Denis avait parlé à un ami psychiatre de cette accusation portée contre son père, il avait répondu :

« Autrefois, c'était très courant dans les familles ce type d'argument. Quand une jeune fille était enceinte et qu'elle était abandonnée par son séducteur, la famille faisait croire que celui-ci lui avait promis de l'épouser mais qu'il ne s'était pas présenté à la mairie le jour des noces. Au fond, personne ne croyait à cette histoire mais l'honneur de la famille était à moitié sauvé. »

Si la nuit est porteuse de conseils, elle précise aussi les idées, épure les arguments, dévoile des évidences.

Denis découvrit celle-ci : depuis le début de sa quête aucun élément positif en faveur de son père ne lui avait été offert. Tout ce qui était dit de lui tendait à rabaisser son image auprès de son fils : « Il n'est pas venu à la mairie... Il a abandonné son fils. Il s'est bagarré. Il ne plaît pas à la mère Drancourt... »

Et puis cette phrase de la grand-mère : « J'avais

trop peur que ça recommence !... » qui voulait dire pour elle que « ça » avait été terrible quand « ça » avait commencé...

La fureur de Denis contre sa famille maternelle ne cesse de croître. Fureur et impuissance... Sa famille maternelle qui ne compte plus que des fantômes...

Il se projette dans le temps, donne un coup de main à son père agressé à la sortie de l'usine, cogne sur le visage de l'oncle Émile, recolle la lettre déchirée, la donne à lire à Louise, tire la jeune et future mère par la main et ils s'enfuient tous les trois... La grand-mère Drancourt, essoufflée, ne peut les suivre. Ils courent...

Et Denis s'endort en rêvant à une enfance normale.

XI

Par-delà le temps qui s'écoule, Denis a décidé que son histoire ne doit pas mourir, qu'il doit laisser une trace. Trace de ce qui fut avant lui et de ce qu'il fit pour renouer les liens, retrouver les racines arrachées.

Alors il prend des notes, rassemble les éléments dont il dispose. Il écrit...

Mais il est aux aguets, il éprouve un sentiment d'insécurité qu'il avoue à Samuel :

« Si Louise découvre que je sais tout, je ne sais pas ce qu'elle fera...

— Et que veux-tu qu'elle fasse ?

— Moi je sais ce qu'elle peut faire... Je devais avoir dix ou douze ans. Au cours d'une dispute, elle s'est jetée sur moi, un couteau à la main. Je me suis précipité dans ma chambre et j'ai claqué la porte... juste à temps. Elle y avait planté la lame... »

Mais ce n'est pas seulement un sentiment d'insécurité qu'il ressent, c'est aussi de la honte. Honte de faire toutes ces recherches en cachette et non au grand jour comme il le devrait.

C'est bien de honte qu'il s'agit… Alors Denis attendra d'être seul chez lui pour appeler le premier des trois numéros de téléphone de ceux qui portent le nom de son père.

Il laissa sonner longtemps, près de quarante secondes, chez Michel Aït-Salem. Personne ne décrocha.

« La ligne de votre correspondant est interrompue. Veuillez rappeler ultérieurement… » C'est la réponse qu'il obtint chez Monique Aït-Salem.

Ne restait qu'un numéro, celui de Mahmoud Aït-Salem. La sonnerie retentit quatre fois à son domicile avant qu'une voix jeune réponde :

« Allô ? »

Denis n'en revenait pas ! Quelqu'un qui portait le nom de son père LUI PARLAIT !

« Monsieur Mahmoud Aït-Salem ?

— Oui.

— Bonjour, monsieur, je m'excuse de vous importuner…

— Je vous en prie…

— Voilà ce qui m'amène… »

Il ne se retint plus. Tous les mots lui venaient en même temps.

« Je porte votre nom. Je suis un Aït-Salem… Et je recherche mon père, s'il est encore vivant, ou des personnes qui l'auraient connu…

— Quel âge aurait votre père ?

— Eh bien, ma mère a soixante-cinq ans. Il devrait avoir à peu près le même âge... Je voudrais retrouver ma famille, comprenez-vous ?

— Je comprends... » La voix était calme. « Écoutez, aujourd'hui, je ne peux rien vous dire, il faut que je me renseigne. Je vais demander à mes oncles, à mes cousins... Votre mère, comment s'appelait-elle ?

— Louise... Louise Drancourt... »

Il raconta toute l'histoire... Toute... Sans honte...

Mahmoud Aït-Salem lui dit alors :

« Vous savez, les vieux Kabyles, ils ne restent pas en France, ils retournent au pays quand ils arrivent à la retraite...

— Alors il est peut-être retourné en Algérie ?

— Oui... Peut-être... Moi, j'y vais à la fin du mois pour les vacances... Je demanderai aux vieux du village. Je poserai des questions. Si je peux vous aider, je le ferai. Comptez sur moi.

— Je vous remercie... Parce que j'avoue que je suis un peu perdu mais j'ai très envie de retrouver les miens !...

— C'est normal, de vouloir retrouver ses racines...

— Est-ce que je pourrai vous rappeler ?

— Oui... Rappelez-moi fin août... »

Denis prolongeait la conversation. C'était la première fois qu'il entendait une voix kabyle.

« Vous avez quel âge, vous, monsieur Mahmoud ?

— J'ai trente ans...

— Moi, j'en ai quarante-cinq... J'ai oublié de vous donner mon nom, je m'appelle Denis Forestier, ma mère s'est remariée... Je vous redis son nom de jeune fille, c'est Drancourt... Louise Drancourt... »

Il prit congé.

Mahmoud lui avait répondu avec attention et douceur. Il l'aiderait, c'était certain.

Il n'était plus seul. « Je suis entré en contact avec eux ! C'est magnifique ! » Longtemps cette première voix kabyle résonnera dans les oreilles de Denis. Longtemps, toujours... Comme un appel du passé reconstruit ou plutôt comme une réponse du passé en reconstruction.

Un détail lui revint : sur les trois prénoms, un seul était d'origine orientale. Les deux autres étaient des prénoms français comme le sien. Avaient-ils eux aussi une mère normande et un père kabyle ? Et eux... recherchaient-ils leur père ? Il avait toujours pensé qu'il était différent et unique dans sa différence. Pourtant commençait à mûrir l'idée qu'il n'était pas seul à vivre cette situation.

Des millions d'enfants, d'adolescents, d'adultes, dans toutes les parties du monde cherchaient désespérément leur père : à Londres, Calcutta,

Moscou, New York, Berlin, Dakar, Prague, Saigon, Saint-Denis...

Combien étaient à l'affût du moindre indice suggérant l'existence de leur père ? Combien rêvaient de retrouvailles ? Qui pourrait dire le nombre exact de fils se jetant dans les bras d'un père retrouvé ?

Denis imagine ses retrouvailles avec son père :

Ils se sont donné rendez-vous dans un café. Afin de se reconnaître, Denis porte un blouson de toile jaune et son père tient à la main une carte postale de Kabylie.

Denis arrive avec un quart d'heure d'avance, il s'installe à la terrasse, derrière la baie vitrée, et guette l'arrivée de son père. Le père arrive à 18 heures et 3 minutes... Il avance d'un pas timide, tourne sa tête à droite et à gauche, plisse des yeux pour découvrir sur le visage d'un consommateur un signe « d'appartenance »...

À l'instant précis où leurs regards se croisent, Denis se lève de sa chaise, fait un pas vers lui... Son père avance d'un pas lent... Ils ne cessent de se regarder, les yeux dans les yeux... Denis lui prend la main doucement, et, doucement aussi, le vieil homme l'attire vers lui et le serre contre sa poitrine...

À présent ils se parlent :

« Alors, c'est toi mon fils... Denis...

— Oui...

— Tu m'as cherché longtemps ?

— Oui...

— Tu sais pourquoi je n'ai pas pu me marier avec ta mère ?
— On m'a dit que tu étais parti...
— Ils m'ont obligé à partir...
— C'est pareil, mais je ne t'en veux pas.
— Ta mère, Louise, elle vit toujours ?
— Oui, elle s'est mariée...
(Silence.)
— Tu lui as dit que tu allais me retrouver ?
— Non...
— Tu as bien fait... Je suis revenu en France parce que j'ai reçu une lettre du cousin Mahmoud. Il m'écrivait que tu souhaitais me connaître, c'est normal...

Dans ce dialogue de l'imaginaire, Denis ne perçut pas d'accent chez son père. La voix était atone, comme épuisée. Le visage ?... Malgré ses efforts, Denis ne le discernait pas.

Si on lui avait demandé « Comment était-il ton père dans ton rêve », il n'aurait su répondre. Il cessa de rêver.

XII

L'attente fut longue.

Quelqu'un dont il ne connaissait que la voix avait accepté de l'aider. Ce qui l'étonnait encore c'est qu'il n'ait pas été rejeté, qu'il ait été *admis comme une évidence*... d'emblée...

Denis connut l'extrême impatience.

Un matin de septembre, n'y tenant plus, les nerfs à vif, il téléphona à Mahmoud. Personne ne décrocha... Dans la soirée, il recomposa le numéro.

« Allô ? fit une voix qu'il ne reconnut pas.

— Monsieur Mahmoud ?

— Il n'est pas là, monsieur. C'est son père à l'appareil. Qui le demande ?

— Bonjour, monsieur. Je suis Denis Forestier. J'avais parlé avec votre fils au sujet de mon père qui porte votre nom...

— Oui, il m'a parlé de ça. Mais il n'est pas encore rentré d'Algérie... Il revient en fin de semaine. Si vous pouvez rappeler… Je ne peux rien vous dire… »

Il n'insista pas.

XIII

Toujours, le mois de septembre aura la langueur de l'été finissant. Chaleurs ultimes, baroud d'honneur des rayons du soleil.

Le mois achevé, Denis reprit contact avec Mahmoud.

« C'est bien que vous m'appeliez, monsieur. J'allais le faire moi-même. J'ai une bonne nouvelle pour vous... Vous faites bien partie de la famille... »

Denis était fébrile :

« Vous avez trouvé une piste ?

— Oui... J'ai demandé au village. Mais les vieux là-bas ne se souviennent de rien. Puis j'ai eu l'idée de téléphoner à un cousin en France qui connaît toute l'histoire de votre père... »

Alors il voulut tout savoir, tout de suite...

« Est-ce que je peux vous rencontrer ? demanda Denis.

— Bien sûr. Donnons-nous rendez-vous à Saint-Denis au café *Le Khédive*, vous connaissez ?

— Non, mais je trouverai...

— C'est en face de la mairie de Saint-Denis et devant la cathédrale.

— Demain. Pouvez-vous demain ?

— Oui... Très bien... En fin de journée... Vers 17 heures ? Ça vous convient ?

— Parfait. J'y serai...

— Si vous souhaitez téléphoner à mon vieux cousin, je peux vous donner son numéro...

— Non... Je préfère lui téléphoner en votre présence...

— Comme vous voudrez, monsieur. À demain au *Khédive !* ... »

Alors c'était si simple !

Demain il serait en présence de l'un des siens — un de sa tribu —, le cousin Mahmoud...

Il arriva un quart d'heure en avance sur le rendez-vous. Il avait apporté des photos de lui, d'Hanna et de ses enfants. Un geste de paix pour faire plaisir à Mahmoud.

Un homme de sa taille entra dans le café. Il tenait un parapluie à la main. Il semblait chercher quelqu'un. Il croisa le regard de Denis et se dirigea vers lui.

L'homme s'arrêta devant sa table et demanda en souriant :

« Denis Forestier ? »

À cet instant, Denis était dans le même état d'étonnement, d'éblouissement, que lorsqu'il vit naître son premier enfant... Mais il s'agit aujourd'hui d'une autre naissance. La sienne.

« Oui, c'est moi...
— Je suis Mahmoud Aït-Salem.
— Asseyez-vous... »

Ils se serrent la main, un peu plus longtemps que la politesse ne l'exige.

Puis Denis enchaîne : « On peut se tutoyer, si vous le voulez...
— Bien sûr », dit Mahmoud.

Denis ne le lâche pas du regard. Il voudrait dire des choses profondes, des sentences raffinées, des formules pathétiques... Il dit simplement :

« C'est incroyable, n'est-ce pas ? »

Et Mahmoud répond en souriant :

« Oui... C'est le destin... »

À partir de cette rencontre on évoquera souvent le destin...

« Tu veux boire quelque chose ? demande Denis.
— Non merci. Si tu veux, on va chez moi. On téléphonera au cousin dont je t'ai parlé. Il te donnera des détails sur ton père... »

Pour Denis, c'est un moment irréel. Quelqu'un, en face de lui, lui parle d'un autre qui, dans quelques instants, lui donnera des détails sur SON PÈRE.

« C'est extraordinaire, tu ne trouves pas ?
— Si... », répond Mahmoud en se levant de sa chaise.

Denis est à la fois excité, impatient, anxieux...

Et il a peur.

Et il a honte d'avoir peur.

Et si c'était un piège, un guet-apens, un début de chantage bien monté ? Il ne peut s'empêcher de penser à cela et il a honte...

Ils marchent comme deux vieux amis en direction de la voiture de Denis. Mahmoud lui indique le chemin pour aller chez lui.

En cette fin d'après-midi d'automne, Denis a l'impression d'aller retrouver son père en Algérie.

« C'est là... », dit Mahmoud en désignant une haute tour. « Tu peux te garer sur le parking. »

Ils montent dans l'ascenseur avec une mère et ses trois enfants.

« J'habite au douzième... »

Plus rien. Ils ne se diront plus rien pendant le trajet.

La mère et ses trois enfants descendent au huitième étage. Deux jeunes gens entrent alors et appuient sur le bouton du dixième... Pour Denis, c'est le destin qui repousse encore et toujours l'instant de la connaissance...

À quoi bon pourtant ? Le destin n'est plus maître du jeu à présent... Quel mauvais joueur ! Quel mauvais perdant ! La partie est perdue pour lui, il le sait, il devrait être beau joueur, le destin, poser les cartes sur la table de façon élégante et dire : « Ça va, Denis ! Je me rends, j'abandonne, tu es le plus fort, je n'ai plus de joker dans ma manche. »

Au douzième, quand l'ascenseur s'arrête, Denis sent son cœur battre plus fort, encore plus fort.

Mahmoud ouvre la porte de son appartement.

« Entre... »

C'est un petit studio à l'orientale, avec un tapis algérien par terre aux couleurs bleues et blanches avec des figures géométriques triangulaires.

« Tu veux du champagne ? »

Denis n'osa pas dire oui.

« Non merci, Mahmoud...

— Tu préfères une bière ?

— Oui je veux bien. »

Et Mahmoud demanda :

« Tu veux qu'on appelle le cousin ?

— Oui je veux bien... »

Quelques secondes plus tard Mahmoud parla en une langue inconnue pour Denis. C'était la langue kabyle ! Celle que parlait son père ! La langue de son père, la langue qu'il aurait dû parler...

Puis Mahmoud tendit le téléphone à Denis :

« Tiens, c'est le cousin Youssef...

— Allô ? » fit timidement Denis tandis qu'une voix assurée, à l'autre du bout du fil, répondait :

« Allô ? Bonjour, monsieur... Je suis content de vous entendre. On va se rencontrer. Je vais venir à Paris, je vous raconterai tout... Votre père, c'était mon cousin... Il s'appelait Mohand !... Mais les Français disent Mo-anne !... »

« Est-ce qu'il vit toujours ? »

La réponse vint, ni sèche ni brutale mais naturelle et résignée :

« Non, mon petit, il est mort en 1952. »

À l'annonce de la mort de son père la foudre tomba sur Denis une première fois.

« Il habitait à Saint-Denis, boulevard Anatole-France... »

Oui, Denis avait bien entendu parler dans son enfance du boulevard Anatole-France à Saint-Denis.

Il hurla dans le téléphone :

« Oui, c'est vrai, c'est juste, je m'en souviens, vous avez raison !... »

Puis la voix lointaine, encore, comme une vague de fond de la mémoire :

« Votre père il travaillait en usine à Saint-Denis, au Pont-de-la-Révolte... Il était pontonnier... »

Une seconde fois, la foudre tomba sur lui à l'évocation sonore des mots « Pont-de-la-Révolte » et du métier de son père « pontonnier », il criait presque :

« Oui, c'est vrai, j'ai déjà entendu parler dans mon enfance du Pont-de-la-Révolte... Je m'en souviens très bien maintenant... »

La foudre déclencha le feu dans la tête de Denis quand la voix ajouta encore :

« Votre père et votre oncle se sont battus à la sortie de l'usine... Ne vous en faites pas, je viendrai bientôt à Paris, je vous raconterai tout ça...

— Merci, monsieur.

— De rien, mon petit. Je m'appelle Youssef... Je suis votre cousin...

— Merci, monsieur. »

Denis est comme sonné par ce qu'il vient d'entendre. La voix continue :

« Je dirai à Mahmoud quand je viendrai à Paris... Au revoir, mon petit... »

Youssef raccrocha.

Denis venait de faire l'expérience que des images et des mots peuvent être enfouis au plus profond de soi et resurgir après des années dans une lumineuse clarté.

Comment pourra-t-il expliquer que son image d'enfant de cinq ans, assis sur le trottoir, regardant couler l'eau dans le caniveau, attendant sagement son oncle qui bavarde avec un ami garagiste, soit revenue brusquement, suivie d'une phrase :

Je l'ai cherché dans toute la ville et je l'ai attendu à la sortie de l'usine au Pont-de-la-Révolte...

Car la mémoire de Denis est certaine, c'est bien la voix de son oncle qui prononça ces mots : LE PONT-DE-LA-RÉVOLTE.

« Alors ? fit Mahmoud.

— C'est bien ça ! Tu te rends compte, je me rappelle le boulevard Anatole-France, le Pont-de-la-Révolte... Je ne te remercierai jamais assez, Mahmoud... »

Denis éprouve une extrême lassitude.

Il prend congé du cousin Mahmoud. Ils s'embrassent.

Première étreinte avec la famille.

L'étreinte est brève mais fraternelle. C'est une étreinte de reconnaissance, pour voir…

Et si c'était un rêve ? Un très beau rêve que l'on voudrait ne jamais voir se terminer tant l'on s'y sent bien.

Un grand pas vers la paix du cœur. Ce jeune cœur de quarante-cinq ans qui refuse de vieillir dans l'ignorance.

XIV

Les poteaux et les câbles téléphoniques, les ondes, les paroles, les mots, les expressions, les cris de joie, les soupirs de tristesse, les cris d'allégresse, les phrases d'incrédulité, tous les moyens de communication répandirent la nouvelle des deux côtés de la Méditerranée :

« On a retrouvé un cousin... Il vit à Paris... C'est le fils de Da Mohand... »

Afin de conserver les traces de ses recherches, Denis avait enregistré les conversations qu'il avait eues avec les derniers témoins de la famille.

Il les écouta, les réécouta.

Parfois, quand un point de son histoire lui paraissait obscur, il appelait Youssef, mais un jour, c'est lui qui posa une question :

« Et ton oncle, qu'est-ce qu'il est devenu ?

— Il est mort, répondit Denis.

— On souhaite pas la mort d'un chien mais... »

Il ne termina pas sa phrase.

Puis vint le moment pour Denis de rencontrer Youssef.

Ils se donnèrent rendez-vous dans un café en bas de l'avenue de Wagram en fin de journée, vers 18 heures.

Denis s'était installé au fond, dans un coin tranquille.

Mahmoud entra le premier, suivi d'un petit homme d'une soixantaine d'années, les cheveux poivre et sel et de fines moustaches noires.

Ils s'avancèrent entre les tables. Mahmoud embrassa Denis.

« Je te présente le cousin Da Youssef... On dit Da Youssef, chez nous, c'est pour marquer le respect...

— Bonjour, monsieur, je suis content de vous rencontrer », fit Da Youssef.

Puis il l'embrassa. L'émotion de Denis fut si forte qu'il crut être en présence de son père.

Da Youssef sortit une vieille photographie de son portefeuille, elle représentait un jeune homme en costume-cravate.

« C'est ton demi-frère aîné..., fit Mahmoud. Il s'appelle Mokran !

— Où habite-t-il ?

— On n'a plus de nouvelles de lui depuis dix ans ! » répondit Da Youssef.

Denis avait de l'imagination, il l'avait prouvé des milliers de fois, ses réserves étaient inépuisables mais là, il avait trouvé plus fort que lui !

Jamais il n'avait pensé à ce cas de figure : être le

demi-frère d'un demi-frère disparu, un demi-frère dont on était sans nouvelles depuis plus de dix ans !

Denis écoutait bouche bée les explications de Da Youssef :

« Ton père, quand il a rencontré ta mère, il était déjà marié au pays. Pour nous, c'est la coutume de se marier très jeune... Mokran c'est ton demi-frère d'Algérie, tu comprends. »

Pour comprendre, il comprenait. Et pour accuser les coups, il les accusait ! Il accusait même le destin de ne pas lui avoir fait connaître ce demi-frère plus tôt.

Da Youssef continuait :

« Ton père n'ayant pu se marier avec ta mère, à cause de ton oncle, a épousé plus tard une autre femme en France... C'est elle qui est allée déclarer sa mort à la mairie. Tu as aussi deux demi-frères et sœurs, Michel et Monique, qui habitent toujours Saint-Denis. »

C'était le coup de grâce !

Extravagant. C'était extravagant ! On avait souvent traité Denis d'extravagant mais le destin l'était beaucoup plus que lui.

Il s'était attendu à tout, il avait eu peur de découvrir des horreurs, des immoralités cachées, peur d'apprendre qu'il descendait d'une famille de brigands, de voyous, de bandits... Mais le coup du demi-frère et de la demi-sœur de Saint-Denis ! Là, il était loin, très loin de l'avoir imaginé ! Chapeau bas devant le destin, on en redemande ! Bravo,

Destin, c'est très fort ! Tu gâtes Denis, Destin, tu le gâtes trop !

Alors dans ce café au cœur de Paris, entouré de ses cousins pour lesquels il éprouvait une authentique et toute neuve affection, il fut pris d'un fou rire qu'il réussit à contenir jusqu'à ce qu'il se transforme en gloussements ponctués de « C'est incroyable !... C'est incroyable !... ».

Enfin Denis demanda :

« Tu n'as pas de photos de mon père ?

— J'ai demandé au pays. On va essayer de t'en trouver une... Sinon j'irai demander à la veuve de ton père ! »

... *La veuve de ton père !*

La veuve de son père, ce n'était pas SA MÈRE !

Son père avait bel et bien existé ! Une veuve pouvait le prouver ! Ses enfants aussi, les demi-Denis !

Mais alors si Denis avait des demi-frères, ils avaient sûrement gardé une photo de leur père, on conserve toujours une photo de son père !

« Je peux aller leur demander ! »

La remarque de Da Youssef fut immédiate :

« Tu fais ce que tu veux. Mais si tu vas les voir, le secret ne sera pas gardé ! »

C'est vrai qu'il fallait encore garder le secret. Secret vis-à-vis de sa mère, secret des démarches en secret, secret vis-à-vis du public, secret sur le secret, secret étouffé, étouffement de celui qui garde le secret, secret sur son étouffement, étouffement en secret du secret !

Pour aujourd'hui, c'était suffisant. Denis se

contenterait de la photographie du demi-frère Mokran...

Da Youssef parla encore des frères de Mohand, le père de Denis. Ils étaient quatre, Hocine, Boudjemâa, Bachir et Larbi. Trois d'entre eux travaillaient à cette usine du Pont-de-la-Révolte : Mohand, Boudjemâa et Hocine qui mourut en tombant dans une cuve de béton.

En écoutant Da Youssef, Denis avait une étrange impression, il lui semblait avoir connu cette famille depuis toujours !

« Mahmoud m'a déjà dit le nom du village de mon père mais je ne m'en souviens plus...

— C'est Taghzout, c'est en Grande Kabylie, dans la commune d'Illeltene, département de Tizi-Ouzou...

— Toute la famille habite là-bas ?

— Toute la famille ! Tous tes cousins ! Sauf la sœur de ton père, elle s'appelle Na Djidda, elle vit à Annaba. Tu as aussi d'autres cousins à Alger !

— Ils savent que j'existe ? Que j'ai cherché à vous retrouver ?

— Bien sûr ! Toute la famille le sait ! J'ai appelé au village, je leur ai dit !

— Et qu'est-ce qu'ils disent ?

— Eh bien, qu'est-ce que tu veux qu'ils disent ? Ils sont tous très contents et fiers de toi ! »

Denis sait qu'il n'a rien inventé, pas un mot, pas un nom, pas une situation. Il sait qu'il n'est pas en train de rêver, qu'il est bien avenue de Wagram, tenant entre ses mains la photo de Mokran, son demi-frère.

Mahmoud écoutait Da Youssef avec respect et hochait la tête pour appuyer chaque nouvelle révélation du vieux Kabyle.

L'apparition du merveilleux dans la vie de tous les jours est trop rare pour que l'on n'en jouisse pas pleinement lorsqu'il se manifeste. C'est l'état de grâce, la béatitude.

Denis se sentait envahi d'une douce et délicieuse torpeur, assommé qu'il était par les révélations successives.

Mais les plus beaux instants doivent cesser…

Denis rangea dans son portefeuille la photographie de Mokran.

Il avait toujours rêvé d'avoir un petit frère, le ciel l'avait presque comblé, il lui en avait donné un, pas complet certes, un demi seulement, mais c'était déjà ça…

Pour sa disparition, on verrait plus tard.

« Qu'est-ce qu'il faisait comme métier Mokran avant qu'il ne disparaisse ?

— Il travaillait sur les voies ferrées. La dernière fois qu'on a eu de ses nouvelles, il était en Suisse, vers la frontière… Ma parole, tu lui ressembles… Il avait des taches de rousseur, comme toi… Pendant la guerre d'Indépendance, il était dans les commandos de choc du F.L.N. »

Ironie du destin, Denis avait refusé de faire la guerre en Algérie. Il fit une dépression nerveuse suivie d'une tentative de suicide. On le réforma. Qui sait, s'il était allé en Algérie, s'il n'aurait pas tué l'un des siens ?… Ou s'il n'aurait pas été tué par l'un des siens… À cette époque de sa vie, personne, des deux côtés, n'en aurait rien su.

Cette pensée lui fit froid dans le dos.

Denis regarda Da Youssef et Mahmoud s'éloigner, chargés tous deux de la moitié de son histoire.

[illegible]

XV

[illegible]

[illegible] vieille [illegible] comme les
[illegible] d'une chemise. Par combien de

XV

Un matin au courrier, Denis reçut une enveloppe en papier kraft, postée à Saint-Dizier. Elle contenait une lettre pliée sur DES photographies. Trois photographies du même homme...

La première, un jeune homme brun, au front large, au nez aigu, l'air amusé.

La seconde, prise certainement quelques années plus tard, le représentait allongé dans l'herbe vêtu d'un gilet, chemise et cravate. La modification du visage, due aux années, était sensible. Entre les deux époques, l'homme avait laissé pousser une petite moustache sous son nez aigu.

La troisième photographie montrait un homme, le visage fatigué, une très vague esquisse de sourire sur les lèvres.

La lettre qui les enveloppait disait simplement : *Cher Denis, voici trois photos de ton père, qu'on nous a envoyées d'Algérie. J'espère que ça te fera plaisir. Écris-moi si tu les as bien reçues. — Da Youssef.*

Les photos étaient vieilles, jaunies comme les poignets usés d'une chemise. Par combien de mains étaient-elles passées avant d'arriver chez Denis. Son regard allait de l'une à l'autre, les comparait… Un sentiment d'incrédulité l'envahit. Ce visage qu'il contemplait était-il vraiment celui de son père ?

Au-delà des années, ce regard perçant venu jusqu'à lui, ces yeux sombres, semblaient vouloir lui dire : *Je suis bien ton père, même si tu ne peux pas le croire, c'est ainsi que j'étais et tu possèdes la moitié de mon visage. Il n'y a rien d'autre à découvrir désormais, ni mensonges ni supercheries… Je sais en ce moment ce que tu penses, tu te dis : Ce n'est pas possible, je ne le crois pas… Tu cherches. Tu t'appliques à trouver une ressemblance. Tu doutes. C'est normal… Tu ne pouvais pas réagir autrement, après tant d'années. Il faut accepter, m'accepter tel que je fus…*

Et la voix ? Comment était-elle sa voix ? Grave ? Puissante ? Douce ? Roulait-il les *r* comme le cousin Youssef.

À nouveau un sentiment de découragement l'envahit. Ses efforts lui parurent inutiles et dérisoires.

Il appela Da Youssef :

« Allô ? Da Youssef ? Je viens de recevoir les photos, je te remercie infiniment… »

Puis il ajouta sans y croire vraiment : « C'est génial…

— Je suis content pour toi, mon petit. Tu as vu comme tu lui ressembles ? T'as pas les larmes aux yeux ?

— Si. »

C'était pour lui faire plaisir, mais, pour la première fois, il mentait aux Kabyles. Il n'éprouvait rien. Il était au niveau zéro de l'émotion comme un fonctionnaire ethnologue.

Dans l'entourage de Denis, sa femme, ses enfants, tous s'évertuèrent à lui trouver une ressemblance avec son père.

« C'est bien toi... Regarde la découpe du front...

— C'est bien ton nez.

— Et le regard ? C'est ton regard...

— Tu as vu ses lèvres... C'est frappant le bas du visage... »

Denis dut se rendre à l'évidence : il était bien le fils de son père, de ce père-là.

Il avait voulu un père ? On lui en avait posté un !

Il se sentit rassuré. Ce n'était donc pas un faux père puisque tout le monde s'accordait à lui trouver une ressemblance avec l'homme de la photographie.

Il fit retirer les clichés et rangea le tout dans un tiroir de son bureau.

Le temps passa. Denis ressortait les photos très rarement. Il les montrait parfois à quelques amis intimes afin d'entendre leurs exclamations :

« Qu'est-ce que tu lui ressembles ! C'est fou !

— Alors là, c'est bien toi ! »

Quand Da Youssef venait à Paris, il logeait chez Mahmoud et retrouvait ses copains immigrés à Saint-Denis

Un jour, Denis l'invita à déjeuner en tête à tête.

Ils se donnèrent rendez-vous au *Khédive.*

Da Youssef l'attendait sur le trottoir, marchant de long en large, costume beige, chemise blanche et cravate bleue.

Ils s'embrassèrent.

« Bonjour, Denis, je suis content de te voir !

— Moi aussi, Da Youssef, je suis content de te voir.

— Écoute, Denis, si tu veux, je vais te montrer l'endroit où ton père travaillait et celui où il habitait... C'est au boulevard Anatole-France.

— Et le Pont-de-la-Révolte ?

— Oui, c'est à côté... »

Ils roulèrent dans Saint-Denis.

« Ralentis, Denis... Continue encore un peu... Tu vois là sur la droite ?

— Oui.

— Tu peux t'arrêter un instant ?

— Oui.

— Regarde. C'est là l'usine... »

Denis se gare sur le trottoir. Des autobus le frôlent. Il remarque de vieux rails de tramway entre les pavés. Devant lui, à sa droite, un long mur gris s'étale sur plus de trente mètres. Quelques slogans peints à la bombe s'en détachent. « Halte aux licenciements ! Tous avec la C.G.T. ! Halte au racisme ! »

« C'est là, à la sortie de cette usine que ton oncle attendait ton père avec une canette de bière. Il l'a lancée contre lui et elle s'est brisée contre le mur... Ton père et ton oncle se sont bagarrés... Le cousin Bachir a tout vu. Il a été emmené au commissariat comme témoin en même temps que ton père et ton oncle... »

C'était donc là !

Retour sur les lieux du crime. Car pour Denis il s'agissait bien d'un crime. Une tentative d'assassinat de son père.

Et n'ayant pas réussi à l'éliminer, on a tenté de l'étouffer pendant cinquante ans en la personne de Denis. Cela lui saute aux yeux ! Coûte que coûte on a voulu sa liquidation ! Mais alors c'est une agression raciste ordinaire et permanente puisque le racisme est chose ordinaire et permanente.

Si Denis avait été journaliste à cette époque, il aurait relaté les faits en ces termes :

Agression raciste hier soir à Saint-Denis. Un Algérien de vingt-six ans, Mohand Aït-Salem, a été victime d'une agression alors qu'il sortait de son lieu de travail, une usine située au Pont-de-la-Révolte.

Il était environ 18 heures lorsque le jeune Algérien fut violemment molesté par un Normand d'une trentaine d'années. Ce dernier, qui sentait le calvados, était armé d'une bouteille de bière. Il hurlait des propos racistes : « Salaud de bicot ! Tu n'épouseras pas ma sœur ! »

C'est alors que l'agresseur lança la bouteille en direction du jeune ouvrier. Celui-ci fit volte-face et fonça sur le voyou...

S'ensuivit une bagarre générale car un des frères de la victime, sortant de l'usine et voyant son propre frère en difficulté, vint lui porter secours.

Deux gardiens de la paix, passant par là à vélo, inter-

vinrent pour séparer les belligérants qui furent conduits au commissariat.

Affaire à suivre...

Ils roulent à nouveau.

« Gare-toi là si tu peux ! »

Ils sortent de la voiture, font quelques pas et s'arrêtent devant un hôtel.

« C'est ici que ton père habitait... Viens, je vais te montrer la chambre. »

Ils entrent. Il n'y a pas de hall d'accueil...

Une petite pièce à gauche fait office de réception. L'endroit est triste et sombre mais propre. Au fond du corridor, quelques marches, le début d'un escalier menant aux étages.

Un homme vient à leur rencontre.

Da Youssef lui dit quelques mots que Denis ne comprend pas.

« Pas de problèmes ! répond en français l'hôtelier.

— Il veut bien que l'on monte voir la chambre », dit Da Youssef.

Ils montent. C'est au premier étage, la chambre 23, le numéro est écrit en noir sur la porte. Elle est fermée à clef. Denis en a assez vu, il a l'impression d'avoir visité un musée vide.

Plus tard ils s'installent à la terrasse d'une grande brasserie de l'avenue de Wagram.

« Choisis ce que tu veux, dit Denis à Da Youssef.

— Je prendrai comme toi. »

Il n'a pas ouvert la carte que lui a tendue le garçon.

« Je ne sais pas lire », ajoute-t-il avec un sourire gêné.

Denis, qui choisissait son repas, relève la tête.

« Ah bon ? !...

— Non, j'ai jamais été à l'école, j'ai jamais appris à lire... »

C'est la première fois qu'il est en face d'un analphabète ! Et cet analphabète est de SA famille ! C'est à nouveau un événement incroyable ! Denis a la violente envie de lui apprendre à lire sur-le-champ, dans cette brasserie.

« Ah bon, fait une nouvelle fois Denis. Je prendrai une entrecôte... Et toi ?

— C'est très bien... Comme toi... Simplement je ne mange pas de porc...

— Ce n'est pas du porc, l'entrecôte...

— Non, ça va...

— Qu'est-ce que tu veux boire ?

— Ah pas de vin, de l'eau. Mais toi, bois du vin si tu veux...

— Non je boirai comme toi... »

Durant le repas, Denis va le presser de questions :

« Et mon père ? Parle-moi de mon père... Comment était-il ?

— Il était vif comme une allumette. Et puis il aimait rigoler !

— Et comment se sont-ils rencontrés avec ma mère ?

— Eh bien, comme tous les jeunes gens se rencontrent, ils sortaient, ils allaient au bal... Et puis après la bagarre, ta mère a quitté Saint-Denis...

— Alors ils ne se sont plus vus ?

— Si. Elle lui avait laissé son adresse. Moi je venais d'arriver de Kabylie, je ne savais même pas parler le français et ton père me faisait porter des mots pour ta mère. C'est lui qui m'a tout appris, ton père. »

Da Youssef raconte à Denis l'histoire de Roméo Kabyle et de Juliette Normande. Les coups de bouteille remplaçaient les coups d'épée et de poignard... Cela devenait banal, ordinaire et tragique.

« Mais comment leur histoire s'est-elle terminée ?

— Après, ton père est retourné au pays où il était marié ! Mais il aimait ta mère. Il voulait l'épouser. Il me l'a dit...

— Attends, Da Youssef... Il savait qu'elle était enceinte ? Qu'il allait être père ?

— Oui. Mais c'est à cause de ta famille qu'ils n'ont pas pu se marier...

— Je sais, tu me l'as dit. Mais après...

— Après, c'était la guerre et, après la guerre, il est revenu en France...

— À cette époque, a-t-il cherché à la retrouver sachant qu'il était certainement père ?

— Ça, je ne sais pas, mon petit. Sa femme est morte au village et il s'est remarié ici.

— Et toi, Da Youssef, qu'est-ce que tu faisais à cette époque ?

— Au début de la guerre, j'étais peintre en bâtiments. Un soir les Allemands m'ont arrêté sur le boulevard de Strasbourg. Les soldats qui nous ont interrogés, moi et un copain, ne nous comprenaient pas, on leur parlait exprès en kabyle. Ils croyaient qu'on se foutait d'eux. Avec très peu de français, on leur disait qu'on était des Berbères. Ils sont allés chercher un officier, ils lui ont expliqué qui on était. Ils disaient qu'on jouait la comédie. Mais l'officier allemand était plus instruit qu'eux. Il leur a dit : "Laissez-les tranquilles ! Ça existe les Berbères. Je suis allé au Maroc avant la guerre !..."

« Je suis resté prisonnier trois ans. Ma foi je n'étais pas mal tombé malgré tout. Pendant ma captivité j'ai appris un peu d'allemand.

— Et après la guerre ?

— J'ai voyagé sur les chantiers comme peintre en bâtiments au Havre, à Dunkerque... Et puis je me suis marié dans la Haute-Marne avec une Française. J'ai onze enfants ! Beaucoup d'enfants, beaucoup de misère. Mais maintenant je suis à la retraite, je fais aller...

— Tu retournes souvent en Algérie ?

— Quand je peux... Et ta mère, elle est toujours vivante ?

— Oui, elle s'est mariée, elle aussi est en retraite.

— Il est gentil son mari ?

— Très !

— Ça c'est bien ! Et ta femme, tes enfants ils vont bien ?

— Tu les verras bientôt !

— J'espère ! Parce que tu es bien de notre famille tu sais ! Tu es de notre sang ! »

Il est de leur sang. Du sang de Da Youssef, de Mahmoud, de Mohand et de tous les autres qu'il ne connaît pas encore !

« Un jour, j'irai en Kabylie voir la famille que je ne connais pas !

— J'espère bien que tu iras ! Je t'emmènerai avec moi ! Je te le promets ! Je serai fier de te montrer à tous les cousins ! Fier de te ramener au pays. »

Ils boivent leur café en silence. Ils ont dit beaucoup de choses. Ils se sont rejoints avec les mots de toujours, les mots qui font que tout devient clair, les mots que l'on emploie pour effacer les querelles, les malentendus.

« Tu sais, Da Youssef... Je n'ai pas dit à ma mère que je vous avais retrouvés...

— Mais pourquoi ?

— Je n'ose pas. Elle me fait peur... Et j'ai peur de lui faire du mal !

— Je te comprends, mon petit. Tu as raison, ne lui en parle pas si tu crois que ça va lui faire du mal... Mais je suis sûr que, si je la voyais, elle ne dirait rien ! Qu'est-ce que tu veux qu'elle te dise après tant d'années ?

— Je ne sais pas... Ce n'est peut-être pas encore le moment ! Mais toi tu l'as vue ma mère ? Tu l'as rencontrée quand elle fréquentait mon père ?

— Non, je ne l'ai jamais vue. Si peut-être une fois, en photo. Je me souviens que ton père la tenait par l'épaule...

— Qui aurait cette photo à présent ?

— Personne, mon petit... »

Après le déjeuner, Denis raccompagna Da Youssef à la gare de l'Est.

Sur le quai, Denis lui demanda :

« Comment dit-on au revoir en kabyle ? »

Da Youssef répondit :

« En kabyle ? On dit *Filamen !* »

XVI

Ainsi, jour après jour, rencontre après rencontre, Denis reconstituait sa préhistoire, réinventant un passé qui lui semblait abracadabrant, extravagant, découvrant des territoires inconnus faits d'amour, de haine et de violence dont il avait été à mille lieues de soupçonner l'existence. On s'était battu avant sa naissance!... On s'était battu SACHANT qu'il allait naître! En toute logique, dans chaque bagarre, il y a les pour et les contre... Le bon droit et l'autre... qui n'est pas le droit... Ceux qui étaient pour le mariage et les opposants au mariage! Ceux-ci avaient eu le dessus!

Mais ils avaient dû se rendre à l'évidence : le bébé allait naître! Il naquit, entouré de l'indulgence des vainqueurs, ceux qui refusaient le mélange des races! Qu'il naisse mais qu'on n'en parle plus! Qu'il ne demande pas d'explications! Il sera toléré, c'est tout...

Denis sait qu'il a une revanche à prendre! Si leur machination a duré des dizaines d'années, elle a été découverte à temps. Il sait que rien ni personne ne peut l'arrêter pour aller jusqu'au bout de sa quête. C'est une vague de vérité qui le soulève et l'emporte par-delà le temps. Le plus difficile pour lui sera de rester froid dans les moments d'émotions, car il sait qu'ils viendront, ces moments.

Mais quand ? Lorsqu'il mettra le pied sur le sol algérien ? Quand il verra le village ? Pour l'heure, il sait qu'il est déterminé... Il veut en savoir plus sur le peuple dont il est issu et sur lequel il ne sait presque rien !

Il veut savoir.

Alors il ouvre les dictionnaires, les encyclopédies — toujours à la même page : Kabylie. Il lit et retient ce qu'il lit comme l'on apprend une leçon par cœur. Il devient le meilleur élève de sa mémoire. Il récite tout seul dans sa cuisine :

« Kabylie, région d'Algérie, située au pied d'une chaîne de montagnes appelée Djurdjura. Ses habitants sont des hommes forts et courageux — son père était donc fort et courageux —, les Kabyles, comme on les appelle, ont été envahis par les Arabes qui les ont repoussés vers les montagnes.

« La Kabylie — qui veut dire, en berbère, Pays des Tribus — est un pays riche et fertile.

« La Djemâa est une sorte d'assemblée où les hommes se réunissent pour débattre des affaires du village... »

Il veut connaître la culture de son peuple... Samuel lui offre les poèmes de Si Mohand... Il est enthousiasmé !

La poésie tient une grande place dans la société

kabyle. C'était, encore au début de ce siècle, une poésie transmise oralement... Si Mohand était un grand poète. De l'un de ses poèmes, Denis a retenu une strophe qu'il s'imagine avoir été écrite pour lui :

Aigle blessé me voici
Empêtré dans la brume
Voué aux larmes et aux cris.

Il a tout à apprendre. Alors il lit et relit, découpe des articles de journaux concernant l'Algérie. Il en fait des dossiers.

C'est encore Samuel qui lui fait découvrir la littérature algérienne avec le livre de Mouloud Feraoun, *Le Fils du pauvre.* L'histoire d'un enfant dans une famille kabyle avant la Seconde Guerre mondiale. Bien sûr, Denis s'identifie à ce « fils du pauvre » !...

Samuel le guide dans ses lectures, il découvre Rachid Mimouni, Kateb Yacine, Rachid Boudjedra, Mohamed Dib... Il sait qu'il ne réussira pas à combler son ignorance mais il n'éprouve aucun sentiment de découragement.

Mieux : il rejette l'idée que tous ces efforts, cet apprentissage de sa néo-culture, puissent apparaître à quiconque dérisoires ! Face aux autres et à lui-même, il construit *sa* Kabylie !

Il entre en contact avec Salah et Ali, deux journalistes d'une radio kabyle émettant à Paris. Ils deviennent ses amis, ses premiers amis kabyles. Ils l'invitent au micro à l'occasion de la sortie d'un livre consacré au soulèvement d'Alger en octobre 88. Salah lui présente un homme grand, cheveux frisés, petite barbiche, yeux perçants, regard sévère.

« Denis, je te présente Aït-Minguelet, notre grand chanteur kabyle... »

Il apprend qu'en 1980 eut lieu une révolte d'étudiants qui commença à l'université de Tizi-Ouzou. Ils manifestaient pour que le tamazight, la langue kabyle, puisse être parlé librement. Cette langue que le pouvoir avait tenté d'étouffer après la guerre d'indépendance !... On appela ces événements : *le Printemps berbère...* Printemps ! Saison où revivent les Berbères ! Denis revit son Printemps ! Le Printemps de Denis ! Denis le Berbère !

Chaque jour qui passe, il ajuste une pièce du puzzle à une autre.

Puis il découvrit la musique.

Salah et Ali l'invitèrent à des concerts d'artistes kabyles. Il vit des hommes et des femmes, des jeunes et des vieux frapper dans leurs mains en cadence. Des hommes et des femmes de chez lui, à Paris... des émigrés... Des jeunes garçons et des jeunes filles se levaient et dansaient. Certaines montaient sur scène à côté de la chanteuse, nouaient un foulard autour de leur taille et dansaient à leur tour au rythme des chansons.

Il décida d'apprendre le tamazight.

Il fit connaissance d'Areski, un Kabyle poète qui lui proposa d'être son professeur. Il lui expliqua qu'autrefois, le tamazight, la langue kabyle, n'était pas une langue écrite mais que, depuis quelques années, des intellectuels avaient travaillé sur sa transcription scripturale. Il y avait eu des colloques et des séminaires où des écrivains, des artistes, des linguistes avaient réhabilité leur langue face aux autorités qui avaient étouffé leur culture.

Denis fit le parallèle avec la négation de ses origines... Il y voyait une malédiction bien qu'il ne crût en rien d'autre qu'au hasard...

Il ressentit une étrange impression lorsqu'il répéta, après son professeur :

« *Laslama rar tmurt n Babek !* Bienvenue au pays de ton père ! »

Oui, ce fut sa première phrase et c'était une parole de bienvenue ! Il était le bienvenu ! Le bienvenu en Kabylie ! À travers cette phrase on l'accueillait, cœur et bras ouverts...

Bien qu'élève attentif, il dut reconnaître que la langue kabyle lui posait de réelles difficultés quant à sa prononciation... Il apprit par cœur les dialogues du livre de conversation. Il acheta le dictionnaire Dallet, kabyle-français, français-kabyle. Il fit ce qu'il put pour être ou devenir un vrai Kabyle.

Il lut des livres sur l'Algérie, feuilletant les pages avec fébrilité, à la recherche des passages sur la Grande Kabylie, rêvant sur des photographies du Djurdjura.

Il se passionna pour la biographie consacrée à Massinissa, chef berbère. C'était un cadeau de Mahmoud, sur la page de garde il avait écrit : *À toi, cousin Denis, si longtemps absent...*

C'était, à cette période de sa vie, comme s'il

allait à l'école *paternelle*. Il recommençait sa scolarité.

Pourtant il n'oubliait pas qu'il vivait sous le régime de la Terreur maternelle. Alors il cacha dans sa bibliothèque certains livres tels que le guide d'Algérie ou le dictionnaire kabyle.

Le mot *kabyle* lui semblait être un mot chargé d'explosifs. Il guettait les réactions de Louise lorsqu'elle s'approchait des rayonnages, posant un regard sans expression sur les livres. Sa mère n'eut jamais de réaction... Comme si les titres des ouvrages ne concernaient pas sa mémoire, comme s'ils ne faisaient rien resurgir en elle... Les mois passant et sa vigilance s'estompant, les documents sur l'Algérie s'accumulèrent sans qu'il éprouvât le besoin de les dissimuler. Il laissa bien en évidence : *Voyage en Algérie* de Théophile Gautier, *Écrits sur le Maghreb* de Guy de Maupassant, *Traditions et civilisations berbères* de Jean Servier — un cadeau de Mahmoud —, *Voyages et voyageurs en Algérie* de Michèle Salinas et des Que sais-je : *La Littérature algérienne, Les Berbères...*

C'était une timide tentative pour affirmer sa véritable identité devant sa mère. Les livres exposés à sa vue semblaient lui dire : *Regarde-nous ! Nous sommes les porte-parole de la souffrance de ton fils. Nous sommes sa face cachée que toi seule connais ! Reconnais-nous et reconnais-le comme tel !*

Le temps travaillait pour lui. Il le savait. S'il était sûr d'une seule chose, c'était de celle-là. Il en eut la preuve lorsqu'il négligea de cacher *L'Exil kabyle*, un essai de Mohand Khellil qui retraçait le parcours géographique des Kabyles en région parisienne avant et après la Seconde Guerre mondiale.

Il monta d'un degré dans l'affirmation de son *moi* kabyle à l'occasion d'un acte anodin, mais qui fut le point de départ d'une nouvelle phase dans le processus de sa *kabylisation*.

Da Youssef avait envoyé à Denis de vieilles photographies de lui et de la famille. L'une d'elles le représentait, jeune homme, vêtu à l'européenne. Denis l'encadra et l'accrocha au mur du salon. Lors d'une visite de sa mère, elle s'étonna :

« Tiens, je n'ai jamais vu cette photo ! Qui est-ce ? »

Denis avait eu l'audace d'exposer ce portrait mais il n'eut pas celle de répondre :

C'est Da Youssef, tu sais, le cousin de mon père, tu le reconnais ?

Il se contenta de dire :

« C'est un oncle d'Hanna ! »

Les photographies tenaient une place importante dans l'histoire de Denis, elles étaient des témoins essentiels. Un dimanche, Da Youssef lui tendit une enveloppe :

« Regarde ! Là-dedans, il y a beaucoup de membres de notre famille ! »

Alors Denis vit des femmes vêtues de robes de toutes les couleurs, de foulards bariolés, des hommes en gandoura, en djellaba, avec des chéchias rouges, des visages d'enfants, d'adultes, de personnes âgées. Les robes et les foulards étaient verts, jaunes, bleus, rouges. Tous ces corps d'humains se tenaient droits face à l'objectif qui saisissait un instant de leur vie. Quelques-uns esquissaient un sourire.

Da Youssef donnait des noms :

« C'est le cousin Amar, le fils de Hamid qui est mort pendant la guerre, tué par les Français. Ils ont brûlé sa maison quand il dormait. Lui c'est Abdel-Krim, il a été tué aussi, il était avec les moudjahidin... Là, c'est sa femme Yamina... »

Da Youssef parlait rarement de la guerre d'indépendance. Il dit simplement qu'il avait participé, ici et à sa manière, à la libération de son pays en transportant des armes en France d'un endroit à un autre.

Un matin, descendant d'un train à la gare de l'Est, il avait failli se faire arrêter au cours d'un contrôle effectué par des C.R.S. Il portait une valise remplie d'armes mais passa paisiblement à travers le barrage de police. « J'ai eu chaud », avoua-t-il.

Da Youssef avait soixante-dix ans et Ali, quarante-cinq, mais quand ils parlaient de leur enfance, tous deux évoquaient la même misère.

« J'allais pieds nus dans la neige, l'hiver.

— Et moi, je bourrais la terre avec mes pieds... », répondait le vieux comme en écho.

La misère était là.

C'était du temps de la présence française...

Les Kabyles avaient payé très cher durant la guerre contre les Français. Da Youssef lui parla aussi des Français musulmans engagés aux côtés de la France lors de la Seconde Guerre mondiale.

Tous les récits des Kabyles bouleversaient Denis. Et, pour la première fois de son histoire kabyle, il se sentit coupable quand Da Youssef évoqua le 17 octobre 1961.

Ce soir-là, des milliers d'Algériens de Paris qui manifestaient pacifiquement, avec femmes et enfants, furent sauvagement réprimés par la police. Ils réclamaient l'indépendance de leur pays... Il y eut plus de deux cents morts!... Beaucoup périrent en se jetant dans la Seine pour tenter d'échapper aux forces de l'ordre.

Denis gardait un souvenir un peu vague de ce soir honteux. Bien qu'il ne fût pas témoin visuel de la manifestation, il se souvint avoir noté la présence de nombreux Algériens sur le boulevard Bonne-Nouvelle, avant d'entrer dans une salle de théâtre toute proche.

Quand il en ressortit, il était à peine minuit. Il marcha du métro Richelieu-Drouot jusqu'à l'Opéra. Il croisa des C.R.S. qui attendaient près de leurs cars.

Tout était calme... Les événements tragiques s'étaient produits pendant que Denis s'amusait à l'intérieur du théâtre...

Il lut *La Bataille de Paris*, un document de Jean-Luc Einaudi. Il contenait des témoignages terribles et accablants. Le gâchis de son propre passé l'affligeait. Étrange sensation que celle de vouloir revivre l'Histoire dans le corps et l'esprit d'un autre, de se rendre utile à ces gens, de les servir, de souffrir et rire comme eux, avec eux.

Il eut le sentiment qu'il aurait pu être utile aux siens bien plus tôt si, quand sa cousine mourante lui avait révélé qu'il était le fils d'un Algérien, il avait commencé les recherches dès cet instant, au lieu d'occulter quinze ans durant cette révélation.

Aussi son désir de se *racheter* fut immense. Être utile à sa communauté nouvelle, aux siens, fut son unique obsession tout en ayant conscience du dérisoire et du puéril de cette intention.

Les Kabyles n'avaient pas attendu Denis pour s'entraider, il le savait, mais il ne pouvait rien contre cet état d'exaltation qui l'habitait et faisait naître en lui cent idées nouvelles qui fusaient en tous sens. Une sorte de *délire* permanent et inoffensif. À chaque fois qu'il racontait son histoire, il se retrouvait dans cet état *second*, mélange d'allégresse et d'anxiété, qu'il sentait progressivement l'envahir.

Cela commençait par un flot de paroles martelées avec conviction, suivi d'un déluge de mots exprimant avec force détails son enthousiasme. Enfin il parvenait à cet état *second* avec l'épisode des photos du géniteur !

Il était devenu le conteur professionnel de sa propre histoire ! Il l'avait rodée en petit comité des dizaines de fois, peaufinant les effets, soulignant certains détails du récit par des intonations particulières, souhaitant que ses auditeurs se souviennent éternellement de ce moment extraordinaire !

Ses amis intimes, ayant entendu le récit deux ou

trois fois, jouaient le jeu malgré tout et le félicitaient de sa performance à la fin de chaque tableau :

« Tu as été magnifique.

— Tu possèdes bien ton sujet !

— Y aura-t-il une suite à ton histoire ?

— Le personnage de la mère est étonnant ! Il a vraiment existé ?

— Parfaitement, c'est la mienne !

— Encore bravo ! Quel conteur ! »

Dans cet art de raconter une histoire, Denis avait rejoint, par-delà le temps, la tradition des conteurs kabyles.

Il était devenu *conteur kabyle.*

Conteur tardif et francophone.

XVII

Un dimanche d'octobre au *Khédive* où Denis et Mahmoud s'étaient donné rendez-vous, Mahmoud arriva accompagné d'un homme grand et mince d'une quarantaine d'années.

«Je te présente ton cousin Amar, il habite Evreux.»

Ils s'embrassèrent.

Ainsi il avait des cousins kabyles en Normandie! Les Kabyles s'étaient répandus dans cette région! Tout près de la famille normande? Il n'en croyait pas ses oreilles: Amar avait vécu pendant plusieurs années à quelques kilomètres de l'oncle Émile! Chaque étape de son histoire apportait son lot d'extravagances!

C'était lui, Amar, qui avait eu l'idée: «Pourquoi tu ne demanderais pas à Da Youssef? Il doit savoir des choses lui, il a de la mémoire!

— C'est ce que j'ai dit à Mahmoud quand il m'a expliqué que tu cherchais à retrouver ton père...»

Ainsi parlait Amar dans ce café de la banlieue parisienne. La symbolique des cafés tenait une place importante dans l'histoire des Kabyles. Il n'y eut jamais l'ombre d'une tristesse dans aucune de ces retrouvailles entre Denis et les siens. Toutes furent joyeuses, naturelles, évidentes. Presque toutes.

« Tu nous as retrouvés, c'est très bien ainsi ! C'est le destin ! Sois le bienvenu, cousin ! »

Telles furent les paroles qu'il entendit des dizaines de fois et qui lui firent chaud au cœur.

Toutes les lettres qu'il reçut d'Algérie commençaient ainsi : *Cher cousin Denis. Ça nous fait très plaisir de t'avoir retrouvé… Envoie-nous, s'il te plaît, des photos de toi et de ta femme et de tes enfants si tu en as…*

Dans ces différents courriers, ce qui frappa Denis, ce fut la formule employée lorsqu'on parlait d'un défunt, après son nom, on ajoutait : *que le salut soit sur son âme.* Au cours des correspondances qu'il échangea ensuite, il n'oublia jamais de citer la formule, car une crainte nouvelle s'installait en lui : celle de froisser les consciences, heurter et choquer les convictions religieuses.

Souvent Da Youssef lui parlait de Dieu. *Le Dieu…*, disait-il, cherchant à savoir si Denis était croyant.

« Je prie le Dieu de te donner une longue vie, à toi, ta femme et à tes enfants. »

Car Da Youssef était croyant et pratiquant.

Vint le jour où Denis décida, en accord avec sa femme, d'héberger Da Youssef lors de ses courts voyages à Paris. Depuis qu'ils s'étaient trouvés, ils se téléphonaient et se voyaient souvent. Le vieux Kabyle arrivait très tôt le matin. Denis allait le chercher à la gare de l'Est et l'attendait sur le quai, guettant sa descente à chaque porte de compartiment. Il l'apercevait parmi les voyageurs, marchant lentement avec sa canne à la main droite. Après les paroles de bienvenue, Denis le débarrassait de son sac de voyage, toujours très lourd.

Après avoir installé Da Youssef confortablement dans sa voiture, Denis se mettait au volant et roulait sans se presser pour que le vieil homme puisse admirer les splendeurs de la ville où il faisait de larges détours.

Parfois Da Youssef demandait :

« C'est bientôt qu'on arrive chez toi ? »

Ça n'était pas par fatigue qu'il posait la question, c'était à cause de la viande congelée qu'il avait apportée avec lui. Da Youssef ne venait jamais sans sa viande, c'était son cadeau à la famille de Denis :

« Cette fois-ci j'ai apporté un gigot de mouton... Tu le mettras tout de suite au congélateur quand on arrivera chez toi... »

Alors Denis roulait plus vite.

Au fil des mois, le vieux avait pris ses habitudes chez Denis qui habitait une petite maison à un étage, entourée d'un jardin où trônait un cerisier majestueux mais fatigué. Da Youssef avait sa chambre au rez-de-chaussée avec salle de bains indépendante. Dès qu'il arrivait, il faisait le tour du jardin :

« Ah ! Si j'avais plus de forces, je taillerais ta haie

de lauriers… Et je piocherais la terre au pied des thuyas… »

Sur la rampe de l'escalier extérieur s'étalaient les rameaux d'un pied de vigne qui donnait à chaque automne quelques grappes d'un raisin aigrelet…

« Il faut la tailler ta vigne pour la faire repartir. Chez nous en Kabylie, les grappes de raisin sont énormes… »

Puis il regardait les pieds de tomates pâles :

« Au pays, les tomates sont rouge vif ! Je voudrais que tu voies ça ! Et les figues fraîches ! *R'bbi ! R'bbi !* Comme elles sont sucrées !… »

Un matin, il reçut une lettre de Na Djidda, la sœur de son père. Denis comprendrait plus tard que Na Djidda avait dû demander à un proche d'écrire la lettre en français. Elle était âgée de soixante-dix ans, vivait seule à Annaba, son mari était mort, *martyr de la Révolution.* Elle remerciait le ciel d'avoir retrouvé le fils de son frère… Elle espérait qu'ils se verraient un jour avant qu'il ne soit trop tard… Un portrait d'elle était joint à sa lettre.

Denis avait envie d'entendre sa voix. Il décida de lui téléphoner un jour que Da Youssef était chez lui. Il composa le 19 suivi du 213, l'indicatif de l'Algérie, puis le 8, correspondant à Annaba, et les autres chiffres… Au-delà de la Méditerranée, la communication ne parvenait pas à s'établir… Il recomposa le numéro trois fois. Enfin il entendit une sonnerie lointaine… Six fois elle retentit. On décrocha. C'était une vieille dame :

« Allô ?... » Puis une suite de mots en kabyle.

Denis tendit très vite le combiné à Da Youssef. Celui-ci parla en tamazight. Denis appuya sur la touche haut-parleur du téléphone afin d'entendre la voix de sa tante inconnue... Il ne comprenait rien mais il était heureux. Les phrases échangées étaient vives, ponctuées d'exclamations au son aigu. Da Youssef se tourna vers Denis :

« Dis-lui seulement bonsoir en kabyle, elle sera contente !

— Comment dit-on déjà ? » L'émotion de Denis était intense, effaçant ses rudiments de kabyle.

« Dis-lui : *m'selxir*, Na Djidda...

— *M'selxir*, Djidda. C'est Denis... »

Alors la voix de la tante répéta *M'selxir* puis elle continua à parler... Denis, affolé, rendit le téléphone à Da Youssef qui poursuivit la conversation durant laquelle le prénom de Denis revint souvent. Puis il raccrocha en répétant plusieurs fois « *Filamen... filamen... filamen !* »

« Ça veut dire quoi, *filamen* ? demanda Denis.

— Ça veut dire au revoir, mon petit... Je te l'ai déjà dit !...

— Qu'est-ce qu'elle a dit, Na Djidda ?

— Elle a dit qu'elle était contente qu'on l'ait appelée. Elle a demandé comment tu allais, toi, ta femme et tes enfants. Elle regrettait que vous ne puissiez pas vous comprendre à cause de la langue. Elle voudrait bien que tu viennes la voir. Je lui ai répondu qu'on irait un jour ensemble au pays. Elle a ajouté qu'il ne faudrait pas trop tarder car elle est vieille et malade...

— Je te promets que j'irai au pays avec toi un jour, Da Youssef ! »

Denis l'avait promis au vieux. Lui aussi tiendrait sa promesse.

Le rite des visites était établi et immuable. Après le dîner en famille, Da Youssef déclarait :

« Mes enfants, je vous souhaite une bonne nuit, je vais faire la prière et je vais me coucher ! À demain. »

Et le lendemain matin, Denis l'accompagnait à la gare où Da Youssef prenait son train pour Saint-Dizier.

« C'est là-bas que j'ai attrapé mes rhumatismes. C'est froid et humide. Il y a tout le temps de la brume sur le canal et nous on habite juste à côté du canal… Il faudra que tu viennes nous voir un jour. Ma femme et mes gosses seraient contents. Ils sont fiers de toi, tu sais. Il faudra que tu viennes fêter l'Aïd avec nous.

— Je viendrai, Da Youssef, je te le jure. »

Il promettait tout au vieux. C'était sa façon à lui de faire plaisir sur le moment, une sorte d'acompte sur sa promesse.

Puis le train emportait Da Youssef. Denis lui faisait un signe de la main. La Kabylie se déplaçait vers la Haute-Marne, prouvant une fois encore que le monde est petit et que seules les montagnes du Djurdjura n'avaient pas encore rencontré Denis qui, lui, les avait déplacées pour rencontrer Da Youssef.

XVIII

À Saint-Denis comme à Taghzout la nouvelle avait fait grand bruit.

La rumeur s'était vite répandue.

Dans tous les cafés kabyles, chacun commentait l'événement :

« Je savais qu'il se manifesterait un jour ! » disait Dal'Bachir en jouant aux dominos au fond d'une salle enfumée avec un autre vieux du pays.

« J'avais bien entendu dire que Da Mohand avait eu un enfant avant d'être marié ! »

Un autre précisait :

« La dernière fois que je l'ai vu, c'était dans les années 48-49... Il avait beaucoup maigri. Il se promenait avec ses deux enfants, je ne me souviens pas qu'il y en avait un troisième... Tu dis qu'il s'appelle comment ?

— Denis ! C'est le cousin Mahmoud qui est en contact avec lui... »

Qu'il y eût un nouveau venu sur la place de Kabylie ne bouleversait pas les vieux plus que cela. Ils semblaient dire :

« Ah bon, encore un cousin ? Qu'il entre, ma foi ! Poussez-vous sur les bancs de la Djemâa ! Faites-lui une place parmi nous afin qu'il puisse s'asseoir et se reposer un peu ! Il doit être épuisé après ce long voyage de quarante-cinq années pour nous atteindre ! Assieds-toi, petit !... »

L'intrusion de Denis dans leur vie quotidienne leur paraissait on ne peut plus naturelle. Mahmoud répétait à Denis ce que disaient les vieux qui n'étaient pas encore retournés au village achever leur existence. « C'est le destin ! » était l'expression qui revenait le plus souvent, suivie de près par « C'est le Dieu qui l'a voulu ! ».

Denis ne connaissait pas encore les vieux cousins de Saint-Denis.

D'après Mahmoud, il y en avait trois.

Dal'Bachir, le dernier témoin de la bagarre de son père. Denis avait vu une photo de lui, c'était un homme de soixante-quinze ans, assis, les deux mains posées sur une canne, l'air débonnaire, un turban blanc sur la tête.

Belali, lui, retournait rarement au pays.

Idir, le père de Mahmoud, retraité lui aussi, venait de sa Kabylie, pour toucher sa pension. À chaque fois, il apportait les dernières nouvelles du village : une naissance, un mariage, un décès. Il en profitait pour retrouver ses vieux camarades de travail français qui l'avaient accompagné tout au long des années à l'usine de meubles. Il avait gardé des liens très étroits avec l'un d'entre eux, parti à la retraite en même temps que lui. Marcel, dont il avait vu grandir les deux enfants, l'invitait souvent à déjeuner chez lui les dimanches d'hiver.

Idir arrivait avec un bouquet de fleurs qu'il offrait à Nicole, la femme de Marcel. Et à chaque fois, en l'embrassant, elle lui disait :

« Merci ! Mais il ne fallait pas, Idir ! C'est de bon cœur qu'on t'invite ! »

Et invariablement à son tour, Idir répondait :

« Les fleurs aussi, c'est de bon cœur ! Ça me fait plaisir ! Vous êtes un peu ma famille ! Ici, j'ai pas de famille ! Moi, ma famille, elle est loin, là-bas en Kabylie ! »

Il avait laissé sa femme, Mahmoud, et ses frères et sœurs, pour venir travailler en France comme nombre de ses camarades.

Puis il sortait un paquet de bonbons de sa poche et le donnait à Jacquot et Annette, les enfants de Marcel :

« Merci, tonton Idir !... »

Il les soulevait de terre et leur donnait un baiser.

Marcel proposait un apéritif qu'Idir acceptait.

« C'est parce que c'est dimanche ! Autrement tu sais que je ne bois pas d'alcool. »

Après le dessert, toute la famille regardait les émissions télévisées dominicales.

En fin d'après-midi, Idir prenait congé de sa famille adoptive et s'en retournait dans sa petite chambre étroite, située dans un immeuble ancien en plein centre de Saint-Denis.

Marcel et les siens étaient locataires d'un appartement de trois pièces avec cuisine et salle de bains au huitième étage d'une habitation à loyer modéré. C'était dans les années 70 du XXᵉ siècle.

Jacquot et Annette avaient grandi, s'étaient mariés, étaient devenus parents à leur tour.

Idir avait à présent le sentiment d'avoir vécu deux histoires dont l'une était plus riche en événements que l'autre. Il le confiait parfois à son fils Mahmoud.

« Je ne vous ai pas vus grandir, toi et tes frères, tu le sais bien ! Je vivais avec vous, tout au plus, trente jours par an, lorsque l'usine fermait. Je venais vous voir en juillet ou en août, c'était variable, puisque c'est la direction qui décidait lequel des deux ateliers partirait le premier en congé. Votre mère, je ne l'ai pas vue plus que vous en trente ans... Heureusement qu'en France il y avait Marcel et sa famille, sinon, loin de vous, j'aurais trouvé le temps encore plus long.

« Le jour de mon retour au village, on faisait la fête, tu te souviens ? J'allais saluer les vieux du pays, tous me souhaitaient la bienvenue... Vous les gosses, vous attendiez avec impatience les cadeaux que j'avais entassés dans mes deux valises. Bien sûr, j'en rapportais beaucoup plus quand je retournais au bled dans la voiture d'un copain. »

Ses paroles étaient empreintes de nostalgie, comme un constat sans amertume ni aigreur, le destin en avait décidé ainsi.

XIX

L'arrivée de Denis dans la famille faisait l'unanimité jusqu'au jour où quelqu'un cria à l'imposteur, au menteur, au fou ! Pis, au fabulateur ! Denis aurait présenté comme réalité vécue ce qui était purement imaginaire, une totale construction de son esprit dérangé, au dire, tout au moins, de celui qui doutait.

Un certain cousin Hocine s'était révolté contre l'opinion générale, en déclarant un samedi matin au café *La Plaine* à Saint-Denis, café où se retrouvaient les Kabyles de la région d'Aïn el-Hamman :

« Moi, je ne crois pas à l'histoire de ce type ! Moi, je sais que Da Mohand, il a eu deux enfants, Monique et Michel, c'est tout ! Le reste c'est... ! »

Mahmoud, qui n'était jamais grossier, n'osa pas répéter le mot employé par Hocine.

Qu'on prît Denis pour un inventeur d'histoires, la sienne en l'occurrence, lui déplut !

« Il ne faut pas que ça te vexe, continua Mahmoud, il est comme ça, c'est un brave garçon mais il ne peut pas tout savoir de l'histoire de la famille.

— Ça ne me vexe pas. Tu as remarqué, il n'a même pas mentionné l'existence de Mokran...

— Ne t'inquiète pas, le rassura Mahmoud, on lui prouvera que tu es bien des nôtres ! Un jour viendra où tu le rencontreras et alors il n'aura plus de doutes... »

Denis appela le cousin des brumes de Saint-Dizier pour se plaindre du cousin Hocine, comme le ferait un enfant victime de la méchanceté gratuite d'un petit camarade. La réponse de Da Youssef fut claire :

« Tu peux dormir tranquille, mon petit, tu es bien de chez nous. Mais je vais te dire la vérité, et elle doit rester entre nous, il y en a dans notre famille qui sont jaloux.

— Jaloux ? Mais de quoi ?

— Jaloux que ce soit moi, et pas eux, qui t'ai retrouvé... Tu comprends, ils auraient voulu que ce soit eux ! Surtout lui, le Hocine... C'est un brave gars mais... Je ne peux pas t'en parler par téléphone. »

Et un secret de plus !

Eux aussi les Kabyles avaient leurs secrets de famille ! Et pourquoi n'en auraient-ils pas ? Les êtres humains, depuis la nuit des temps, vivent avec des secrets, révélés ou non...

Les secrets des Pharaons.

Les secrets d'État.

Les secrets professionnels.

Les secrets de la mer Morte.

Les Manuscrits de la mer Morte... En y réfléchissant bien on pouvait aussi orthographier : Les manuscrits de la Mère — *mater*, sa propre mère — morte.

Peut-être découvrirait-il un manuscrit de sa mère, quelques mots pour son père, un brouillon de lettre griffonné à l'encre violette que l'on employait beaucoup avant la guerre ou quelques caractères tracés au crayon, quelque peu effacés par le temps mais dont il arriverait à déchiffrer des bribes, des expressions tronquées :

... t'écrire... avec toi... sans toi... pleurer...

Mais les mots qu'il guetterait, ceux qui lui feraient battre le cœur seraient les mots de l'amour :

je t'aime... mon amour... aimant... aimé... amoureuse

amant... lèvres... corps... nuit... matin.. soleil... départ...

partir... écrire... nouvelles... lettre de toi... téléphone...

adresse... silence... où... rien... courrier... grossi... retard.

ventre... enfant... maman... papa... parti... pourquoi ?...

Il semblait très improbable à Denis que sa mère eût conservé des traces de son histoire ou la photo de son amour.

Et si elle avait caché son journal intime de jeune fille ? Si elle l'avait conservé en secret avec la photographie de l'absent ? Et si elle avait accompli tous ces actes en secret ?

Cela sembla une évidence pour Denis : la vie de sa mère était construite sur un immense secret !

XX

Ce fut un matin de printemps qu'il prit la décision.

Un dimanche de soleil. Il ne l'oubliera pas.

Le cerisier dans le jardin était gonflé de fleurs blanches.

Il s'éveilla, ouvrit les yeux, vit un rai de lumière qui passait au-dessus du rideau de la chambre, se tourna vers sa table de chevet, chercha sa montre.

Il était 8 h 20.

Il déposa un baiser sur le front de sa femme et se leva.

Face à la glace de la salle de bains, il contempla longuement son visage, cherchant à y découvrir les traits de son père.

Il était nu.

Il mit les bras le long du corps, comme sur la photo où son père affichait un sourire heureux.

« Pas de doute, je lui ressemble ! »

Il passa son index sur la découpe de son front.

Il regarda l'heure : 8 h 26 !

Il était resté près de trois minutes, nu, au garde-à-vous, en maintenant son regard immobile dans la glace jusqu'à ce que son image s'efface par un effet d'optique normal, effet que Denis avait souvent éprouvé en fixant longuement un objet jusqu'à ce que celui-ci finisse par disparaître, s'évanouir, ne plus exister.

Il décida de prendre une douche en trois minutes.

Au moment où il ouvrit le robinet, il s'imposa de compter jusqu'à 180, ce qui équivalait à trois fois 60 secondes.

Quand il eut atteint 140, il considéra qu'il lui restait 40 secondes pour rincer son anatomie. À 180, il sortit de la douche puis s'enveloppa dans une grande serviette blanche et fit ce qu'il faisait toujours, mais ce jour-là, le geste qu'il allait accomplir prendrait une dimension symbolique : il enroula une serviette rose autour de sa tête afin de s'en faire un turban.

Quand il eut bien fixé le turban derrière sa nuque et ramené le reste du tissu-éponge au-dessus de son crâne, il se contempla à nouveau dans la glace. Droit, drapé dans sa serviette blanche, le port majestueux et fier de son turban rose, il déclara à l'image que lui renvoyait le miroir :

« Kabyle ! Je suis un Kabyle ! »

Il ajouta dans un élan de joie.

« Ça t'en bouche un coin, hein ? »

Sur sa poitrine, accrochée à une petite chaîne en argent, pendait une fibule ronde représentant deux demi-cercles, symboles kabyles, que Mahmoud lui avait offerte.

« Je suis kabyle ! »

Puis il fit de grands gestes devant la glace, levant une jambe, puis une autre, puis un bras, puis un autre, grimaçant, tordant sa bouche d'un côté puis de l'autre tout en continuant de gesticuler.

Il répétait :

« Je suis kabyle ! Je suis kabyle ! » Il eut envie de le chanter sur l'air de *Je suis chrétien, voilà ma gloire...*

Enfin, pour se prouver qu'il était un Kabyle de son temps, il s'immobilisa puis proclama solennellement en détachant bien chaque syllabe :

« Je suis byl... ka ! Je suis bylka ! Byl... ka... ! »

Il était au comble du bonheur en ce matin de printemps, seul dans sa salle de bains, face à lui-même !

Alors pour pousser un peu plus loin son moment de folie, il prit avec délicatesse la fibule qui pendait à sa chaîne et, la guidant jusqu'à son nez, tenta de la maintenir en équilibre sur celui-ci. Il y arriva aisément, la chaîne faisant office, de chaque côté de ses joues, d'un minuscule câble tendu. Il put même, sans faire chuter le bijou, se regarder dans la glace. Magnifique, il se trouvait magnifique !

La porte de la salle de bains s'ouvrit.

« Qu'est-ce que tu fais, Denis ? Qu'est-ce que tu

chantais ?... Et puis qu'est-ce que tu fais devant cette glace avec ton turban ? »

Denis, l'air enjoué, prit sa femme dans ses bras.

« En tant que Kabyle, j'ai le droit de me sécher les cheveux, je suis un homme libre, je suis un *amazir !*

— Tu ne seras jamais sérieux ! » lui dit Hanna en souriant.

La réplique de Denis fut immédiate :

« On n'est pas sérieux quand on a cinquante ans et qu'on a des cousins kabyles sous la promenade. »

Et il ajouta :

« Rimbaud !... »

Puis il prit une pose inspirée :

« Je voudrais être un Rimbaud kabyle, Hanna ! J'irais négocier avec l'empereur de Normandie ! Je ferais du trafic de pois chiches avec les tribus normandes des hauts plateaux du Calvados, les plus dangereuses, les moins civilisées, celles qui agressent les nôtres à la sortie des usines, celles qui ne sont pas encore pacifiées. J'emmènerais de longues caravanes de chameaux et l'on voyagerait des dizaines de jours sur l'autoroute de l'Ouest à partir de l'oasis du pont de Saint-Cloud ! Les caravanes chargées de marchandises du pays kabyle, bourrées de figues fraîches, de piments rouges et verts, d'oranges juteuses et de pastèques dégoulinantes de fraîcheur, ne s'arrêteraient pas aux péages.

« Je serais à la tête de la caravane, je passerais le premier quand l'employé me demanderait le ticket justificatif de mon itinéraire, je lui répondrais : "Je n'en ai pas ! Je suis un poète ! Je suis le

Rimbaud kabyle ! On ne fait pas payer les poètes ! D'ailleurs je n'ai pas d'argent ! Mais je peux vous payer en poignées de cerises ! Tenez ! Regardez comme elles sont rouges monsieur l'Employé-préposé au péage... Elles ont du goût n'est-ce pas ? Gardez les noyaux en souvenir de ma caravane !... Et savez-vous, monsieur comment on dit 'cerise' dans la langue kabyle ? On dit *habelimelouche*, vous rendez-vous compte de la beauté du mot ? Répétez après moi : ha-be-li-me-louche !"

— Arrête, Denis... La journée est à peine commencée, d'habitude c'est plutôt le soir que tu délires sur la Kabylie ! »

Il entraîna sa femme dans la chambre, le turban rose toujours serré sur la tête. Denis prit le visage d'Hanna dans ses mains et lui annonça :

« Nous partirons quinze jours en Kabylie cet été, c'est décidé ! Je n'en peux plus d'attendre, d'hésiter, de reculer ce moment. Et puis je veux faire ce voyage avec Da Youssef, je lui ai promis... Les années passent, je ne veux pas remettre le voyage plus longtemps ! Tu veux bien qu'on y aille cet été, seulement quinze jours ?

— Si tu le souhaites ! Si cela peut t'apaiser, je veux bien... Et puis tu sais que partout où tu iras je te suivrai... »

De telles paroles dans la bouche d'Hanna faisaient fondre Denis. Il l'embrassa.

Il était fier de sa décision. Elle surprit ses amis qui n'avaient vu jusque-là dans l'annonce de ce projet qu'un désir velléitaire :

« J'irai en Kabylie un jour…
— Il faudra bien que j'y aille…
— J'irai certainement…
— Un jour, je ferai le voyage…
— Je vais y aller, c'est sûr…
— C'est décidé, j'y vais… »
C'était comme s'il narguait le monde !

Personne à cet instant n'aurait pu l'empêcher de partir. C'était son pèlerinage à lui, une croisade pacifique, la seule pacifique croisade de l'Histoire de l'Humanité. Il aurait pu — tant il se sentait fort — partir seul, à pied, sur les routes, les chemins de montagne, les chemins des bergers, passer les frontières d'Espagne sous le soleil brûlant, marcher et encore marcher, arriver jusqu'à Gibraltar, s'embarquer, traverser le Maroc…

Il rêvait.

Il rêvait mais cela devenait une réalité possible.

Les mots que trouvèrent à lui dire ses amis lui parurent d'une grande platitude eu égard à l'importance historique de sa décision. Car pour lui — cela sautait aux yeux — il était clair qu'ils venaient de vivre une situation historique en l'entendant dire solennellement :

« Les amis, je pars en Algérie ! »

XXI

En vieil étudiant studieux et passionné, il avait bouclé son premier cycle d'études théoriques sur la Kabylie mythique. Il avait été un élève très appliqué et soucieux de son diplôme d'assimilation et d'assimilé kabyle, avec sa carte de résident kabyle et sa carte de séjour kabyle... Il avait passé des heures à lire les auteurs de son pays, tenté d'apprendre quelques rudiments de tamazight.

Mais le texte qui l'avait le plus ému, au-delà même de sa propre histoire, c'était le livre de Fathma Aït-Mansour Amrouche, *Histoire de ma vie.* La description qu'elle faisait de la Kabylie l'avait bouleversé.

Pour Denis, les livres laissaient des traces et influaient tôt ou tard sur le jugement et le comportement, de cela il était sûr. Il y a toujours un travail de réflexion qui opère à notre insu, ce fameux *travail* sur les mots, les expressions, les images...

Et quand Fathma Aït-Mansour Amrouche écrivait sur la Kabylie, c'était comme si Denis lisait un

Manifeste l'invitant à rejoindre les maquis kabyles contre l'occupant maternel... Dans cette œuvre, la violence des sentiments lui rappelait le destin de sa propre famille. Il disait n'avoir rien lu d'aussi beau de sa vie. Il était sincère.

À cette époque, tous les mots de ce livre lui parlaient, l'interpellaient, mettaient son âme et sa peau à vif à l'évocation de la Kabylie... Il reconstruisait tout à grand-peine ! La Kabylie devenait un immense chantier dont il aurait été un travailleur émigré, travaillant vingt-quatre heures sur vingt-quatre sur le chantier éclairé par de puissants projecteurs pour fouiller dans la nuit du passé, avec le port du casque obligatoire pour se protéger des chocs émotionnels.

Il se remémora ses dernières lectures :

Mouloud Feraoun et ses *Jours de Kabylie*, Mouloud Mammeri, *L'Opium et le Bâton.* Il s'avoua qu'il ne connaissait rien du pays... Que des bribes, des morceaux choisis de culture, des résumés désarticulés, des événements glanés à droite et à gauche : répression de mai 1945 — 30 000 morts à Sétif lors de la manifestation pour l'indépendance de l'Algérie... Le 1er novembre 1954, date du soulèvement de la guerre d'indépendance... La Kahina, reine berbère du VIIe siècle... Ibn Khaldoun, l'historien. Quelques numéros d'*Awal* (La Parole), la revue d'études berbères.

Piètres éléments pour s'affirmer kabyle... Seule l'immersion totale dans le pays aurait raison de cette carence ! La reconnaissance de l'identité passerait-elle donc automatiquement par la connaissance de la Culture ignorée ?

Le voyage s'imposait, devenait obligatoire.

À l'issue d'un repas, Denis demanda à ses enfants :

« Qui veut venir avec moi en Algérie ? Nous partons dans un mois ! »

Guillaume qui venait d'avoir quatorze ans trouvait la décision de son père naturelle.

« Je pars avec toi, papa, je veux voir ton pays ! »

Paul, le cadet, dit qu'il ne viendrait pas cet été.

« J'irai une autre fois. Je garderai la maison pendant votre absence... »

Paul avait vingt-trois ans et, comme ses frères, connaissait l'histoire de Denis par cœur. Mais c'était l'histoire de son père, pas la sienne. Pourtant il comprenait ses efforts mais voulait préserver sa place dans cette nouvelle famille qui, depuis l'entrée des Kabyles dans la vie des Forestier, avait tendance à s'agrandir chaque année.

Jérôme, l'aîné, déclara :

« Moi aussi, je viens... »

Ce fut son seul commentaire.

Jérôme suivait l'histoire de son père avec passion. Il s'était impliqué entièrement dans ses efforts, s'informant des petites découvertes, analysant les dialogues entre Denis et Mahmoud, puis entre Denis et Da Youssef. Il était toujours présent quand les Kabyles venaient à la maison, il était d'un abord agréable, sympathique et souriant, participant aux discussions ou aux commentaires des Kabyles sur l'origine du drame d'avant-guerre...

Les mois et les années passant, les Kabyles s'installaient dans la vie de Denis et d'Hanna sous la forme de lettres, de visites, de coups de téléphone. Il ne se passait jamais plus de quinze jours sans que Denis reçût des nouvelles des cousins de Saint-Denis, d'Elbeuf ou de Saint-Dizier. C'était Da Youssef surtout le plus régulier dans ses appels... Quand les cousins venaient à la maison, ils arrivaient toujours les bras chargés de petits cadeaux ou de jouets pour Guillaume.

Un soir après dîner, Denis déplia la carte de l'Algérie sur la table du salon. Les six membres de l'expédition étaient là : Denis, Hanna, Guillaume et Jérôme, ainsi que Da Youssef, garant du retour de Denis au pays, et Janine, sa femme.

Le lendemain, Denis se rendit dans une agence de voyages. Il y fut accueilli par une grosse vendeuse de croisières assise derrière un bureau gris métallisé.

« C'est pour quoi, monsieur ?

— Je voudrais des billets d'avion pour Alger... »

La grosse vendeuse mal coiffée fronça les sourcils.

« Vous choisissez mal votre moment avec tout ce qui se passe là-bas !... »

C'était la première fois que quelqu'un évoquait les événements graves d'Algérie dans une phrase porteuse de menaces... Ce fut comme une légère mais précise décharge électrique qui ramena Denis à la réalité politique du moment. C'est vrai qu'il se passait des événements graves en Algérie. Des intellectuels, des savants, des écrivains, des journalistes se faisaient tuer pour avoir osé tenter d'affirmer des idées de justice.

Ce fut l'assassinat de Tahar Djaout qui le frappa le plus. Journaliste, auteur de romans et de poèmes, sa mort était récente, et Denis, dans cette agence de voyages, revit en un éclair les images de son enterrement dans le petit village de son enfance en Kabylie.

Pourtant, malgré l'annonce de ces morts, jamais il n'avait eu l'ombre d'une hésitation sur son futur voyage. Ce dont il était sûr, c'est qu'il devait aller là-bas.

Alors la phrase de l'employée lui parut saugrenue. C'était comme si elle voulait infléchir sa décision, comme si elle lui disait :

« Alger, ça ne vous conviendra pas ! Mais nous avons un autre produit : les Baléares ! Essayez les Baléares, vous y serez très bien, vous verrez, c'est très calme ! »

Denis annonça simplement :

« Nous serons six personnes dont un enfant...

— Quand voulez-vous partir ?

— Le 26 juillet... »

La vendeuse tapota de ses gros doigts sur un clavier d'ordinateur.

« Il me reste des places sur le vol de 15 h 30. »

Puis elle ajouta :

« Pour quand le retour ?

— Pour le 9 août, en fin de journée…

— Vous avez un vol à 17 heures.

— C'est bon. »

Pendant que la femme préparait les billets, Denis feuilletait un catalogue vantant les beautés du Maroc et de la Tunisie. Il s'étonna que l'on fît une place si mince à l'Algérie.

« Vous savez, là-bas, le tourisme est très peu développé, vous verrez… Vous allez à l'hôtel à Alger ?

— Non, je vais… » Denis hésita, il n'osa pas dire : « … dans la famille. » Il répondit : « … chez des amis. »

La femme ajouta, sûre d'elle :

« Parce que vous savez, chez eux, le service hôtelier laisse vraiment à désirer, c'est le moins que l'on puisse dire… »

Denis la toisa avec mépris.

Il lui sembla que c'était lui qui *laissait à désirer*, comme si brusquement il était devenu le représentant du pays dénigré…

Rentré chez lui, il hurla dans l'entrée :

« Hanna, j'ai les billets !… Est-ce que tu te rends compte, Hanna ? J'ai nos billets pour l'Algérie ! C'est comme si j'étais déjà en Kabylie… Je peux partir demain ! »

Il posa sa veste sur une chaise en criant :

« *Imazighen ! imazighen ! imazighen !* Les hommes libres ! Je suis un homme libre ! »

Il se calma un instant et exhiba une enveloppe

bleue d'où il retira les billets délicatement de peur de les déchirer. Il les brandit devant chacun de ses trois enfants en s'exclamant :

« ... La Kabylie... Les Kabyles... Amazir... Imazighen... Taghzout... »

Cette explosion de joie dura jusqu'au coucher.

Le jeune Guillaume entra brusquement dans la chambre de ses parents. Son père se tenait nu au bord du lit, l'enveloppe bleue de l'agence posée sur son front en hurlant à tue-tête : « La Kabylie... La Kabylie...

— Papa, il est 11 heures ! Arrête ton cirque kabyle ! Demain j'ai un contrôle d'anglais ! »

Denis se figea. Il posa la main sur l'épaule gauche de son fils.

« L'anglais n'est pas la langue de l'avenir, mon fils ! Désormais, c'est le kabyle qui va devenir la première langue dans le monde ! Elle sera la langue de la diplomatie ! La langue des échanges commerciaux ! La langue des comptes rendus scientifiques ! Des revues aéronautiques ! Le monde entier parlera kabyle ! Même la reine d'Angleterre aura un chapeau kabyle ! Tous à vos méthodes de kabyle *Tizi-Ouchen !* Demain, mon fils, ce sera ton dernier contrôle d'anglais avant le contrôle de kabyle à Taghzout ! Bonsoir mon fils ! *M'selxir, mmi !* comme on dit chez nous ! »

Il embrassa son fils qui lui dit :

« *M'selxir* d'accord ! Mais laisse-moi dormir... »

La nuit apporta enfin à Denis le repos du cœur et du corps.

Le lendemain, il se leva de bonne heure et appela le consulat d'Algérie afin d'en vérifier les heures d'ouverture.

Une femme acariâtre décrocha :

« Consulat d'Algérie...

— Bonjour... Jusqu'à quelle heure le consulat est-il ouvert ?

— C'est pour quoi ?

— C'est pour obtenir un visa...

— Vous habitez où ? »

La voix était de plus en plus désagréable.

« À Meudon. C'est dans les Hauts-de-Seine...

— Alors adressez-vous au consulat de Nanterre... Vous allez en Algérie pour affaires ou dans la famille ?... »

Revenait encore le problème de la *famille.*

Il s'empêtra, perdant son assurance :

« Pour affaires... et aussi famille...

— Il faut savoir ce que vous voulez... Si c'est pour affaires ou pour la famille... Au revoir, monsieur !... »

Puis elle raccrocha.

Denis se tourna vers Hanna :

« Ça commence bien ! »

Bien qu'il eût noté l'adresse du consulat algérien de Nanterre et emporté un guide de la banlieue, il ne trouva pas la rue et tourna plusieurs fois.

En désespoir de cause, il s'arrêta devant un commissariat de police pour se renseigner.

Denis demanda poliment au fonctionnaire chargé de l'accueil :

« Excusez-moi, monsieur, je cherche le consulat algérien... Savez-vous où il se trouve ? »

Denis aurait pu penser à des milliers de réponses, mais jamais il n'aurait pu inventer celle que lui lança le policier avec un regard haineux.

« Pourquoi je le saurais ? Pourquoi je vous le dirais ? »

Denis après un moment de stupeur se ressaisit.

« Vous êtes là pour me renseigner, non ? Vous êtes bien ici à l'accueil du public ?

— J'en sais rien, je vous dis, pourquoi je le saurais ! »

Le policier se répétait dans sa volonté de ne pas aller plus loin dans la conversation...

Un jeune homme qui remplissait un formulaire intervint :

« Le consulat algérien, c'est au bout de la rue à droite en sortant du commissariat, sur le même trottoir... »

Denis et Hanna remercièrent le jeune homme puis Denis lança au fonctionnaire :

« Merci, monsieur. Vous êtes trop aimable... »

En sortant, il entendit le policier dire à voix haute :

« J'ai perdu deux ans et demi de ma vie en Algérie, alors les Algériens, j'en ai ras-le-bol... »

Le consulat était un petit bâtiment avec une cour sur le devant et une clôture en bois. Denis et Hanna y pénétrèrent.

Dans la cour ombragée par les branches d'un marronnier attendaient, assis par terre ou accroupis, des hommes et des femmes de tous âges, vêtus à l'européenne ou en gandoura et djellaba… Des petits enfants couraient en tout sens.

Denis et Hanna traversèrent la cour et s'adressèrent à un vieux monsieur qui semblait être le planton.

« Monsieur, s'il vous plaît, nous venons pour une demande de visa…

— Oui, dit-il aimablement. Vous remplissez les formulaires et vous les déposez au guichet. Vous aurez vos visas demain, c'est 200 francs par visa. »

Il ajouta : « En liquide… »

Ils commençaient à remplir les formulaires lorsque le vieil homme vint leur dire :

« Venez avec moi… Je crois que vous pourrez les obtenir aujourd'hui car il n'y a pas beaucoup de Français cette semaine… »

Il les précéda dans un couloir, frappa à une porte et ouvrit :

« C'est pour les visas, c'est possible encore ? »

Quelqu'un répondit :

« Oui… ! »

Puis l'employé s'effaça pour laisser passer Denis et Hanna.

Un homme jeune se tenait derrière un bureau en métal. Il esquissa un léger sourire.

« Bonjour ! Asseyez-vous… Alors vous allez visiter notre beau pays ? C'est la première fois que vous allez en Algérie ?

— Oui, répondit Denis, ça fait des années que j'en rêvais...

— Vous allez chez...

— Des amis..., répondit-il immédiatement.

— Et dans quelle région ? Vous comprenez, je dois le mentionner sur le document administratif. Simple formalité.

— Nous allons en Kabylie...

— Ah ! Et où ça ? C'est chez moi, la Kabylie...

— À Taghzout... À côté d'Aïn el-Hamman...

— Ah oui, c'est dans les montagnes du Djurdjura. Ce n'est pas très loin de chez moi, je suis d'Akbou... »

Pendant qu'il parlait, le jeune employé vérifiait la validité des passeports et relisait les formulaires remplis par Denis et Hanna.

Il se leva. « Je vais les faire signer par le consul... »

Denis et Hanna jetèrent un coup d'œil sur les gravures accrochées aux murs. Elles représentaient un paysage de montagne, des petits villages, des chemins bordés d'oliviers...

L'employé du consulat réapparut quelques minutes plus tard.

« Voici vos passeports avec les visas... Je vous souhaite de bonnes vacances. Vous verrez, les gens sont très accueillants là-bas. Entre la France et l'Algérie il n'y a plus de ressentiments, la guerre est oubliée à présent. »

Amical, le discours de l'Algérien contrastait avec celui du policier français.

En prenant congé, l'employé leur tendit la main.

« Bonne chance », dit-il encore.

Dehors, devant le consulat, Denis sentit à nouveau cet état d'exaltation qu'il avait connu la veille lors de l'achat des billets d'avion.

Ils firent quelques pas, puis Denis s'arrêta brusquement et se tournant vers Hanna :

« Tu te rends compte, on a les visas ! On peut partir dès maintenant si on veut...

— Écoute, Denis, tu ne vas pas recommencer comme hier ! Tu hurlais "J'ai les billets !". Tu ne vas pas hurler "J'ai les visas !" toute la soirée ! »

Son exaltation prit une autre forme. Arrivé chez lui, il appela tous ses amis pour leur faire part de la grande nouvelle.

Il commença par Da Youssef.

« Allô, Da Youssef. J'ai les visas, j'ai les billets d'avion... j'ai tout !...

— C'est bien, mon petit ! Je prie le Dieu pour qu'on arrive tous sains et saufs à Taghzout ! Inch'Allah ! » répondit le vieux cousin.

Puis Denis appela Mahmoud.

« Mahmoud ?

— Oui...

— C'est Denis... Je te réveille ?

— Non...

— Ça y est, j'ai tout. Les visas, les billets...

— Ah la la !... Tu es content alors ? non ?... Tu vas voir là-bas, tu seras bien accueilli. Tout le monde t'attend... Tous les cousins... Ils vont faire une fête...

— Oui... Je regrette que tu ne puisses pas venir avec nous, Mahmoud...

— Moi aussi, je regrette... »

Il suivait un traitement médical régulier et ne pouvait l'interrompre.

« Ce sera pour une autre fois peut-être, Inch'Allah... quand je serai guéri... »

Tout à sa joie, Denis dit à Hanna :

« Et si j'appelais ma mère pour lui faire partager cet instant de bonheur ? »

Hanna l'en dissuada.

« Tu as eu de meilleures idées dans ta jeunesse... »

Comme à chaque fin de semaine, Denis, Hanna et Guillaume partaient dans leur maison du Perche.

C'est alors que se produisit un extraordinaire événement que nul voyant, nul mage, nulle cartomancienne n'aurait pu prévoir et qu'une force poussa Denis à retracer brièvement par écrit afin d'en garder la trace par-delà le temps.

Je me souviendrai du 21 juin.

La nuit avait été belle.

J'avais rêvé de la Kabylie, rêvé en couleurs. Le paysage qui s'étalait devant mes yeux était vert, de deux verts différents, l'un comme dans le Perche où je rêvais de la Kabylie, l'autre tirant vers le jaune. Guillaume était à mes côtés et moi d'un geste large je lui montrais le paysage en lui disant : « Regarde Guillaume, comme c'est beau !... C'est la Kabylie ! »

En me réveillant, je téléphonai à Paul resté à Paris. Je

lui demandai d'aller voir s'il y avait du courrier. Lorsqu'il reprit le téléphone, il me dit : « Il n'y a pas grand-chose : une lettre pour maman, des prospectus de pub... Ah !... Une lettre bizarre ! Le nom est mal orthographié... Forstier... il manque un e... »

Je le priai d'ouvrir l'enveloppe.

« C'est... Oh la la !... Qu'est-ce que c'est que ça ? » Il y eut un silence. « Lis-moi cette lettre », fis-je, impatient.

Alors d'une voix hésitante il lut lentement :

« Salaud de Français,

on va te crever avec ta grosse salope !

Reste dans ton pays !

La mort pour les Infidèles...

« C'est signé : D.I.L.

« Eh ben !... », soupira Paul à l'autre bout du fil.

Voilà ! La malédiction continue... Cette lettre de menaces de mort arrive le lendemain de la nuit où j'ai rêvé de cette mythique Kabylie.

De retour à Paris, Paul lui montra l'enveloppe. Elle avait été postée à Paris, dans le XVIIIe arrondissement. L'écriture était mal assurée. Denis relut la lettre une dizaine de fois. Il ne pouvait détacher ses yeux du morceau de papier à petits carreaux signant son arrêt de mort.

Car de toute évidence c'était bien d'un arrêt de mort qu'il s'agissait. Il n'y avait aucun doute.

Recevoir des menaces de mort n'arrive pas tous les jours dans la vie d'un homme. Cela bouleverse les données quotidiennes ordinaires. L'exemple de ces écrivains menacés de mort le prouvait de façon dramatique... Le premier réflexe de Denis fut de croire à une blague. Mais à la relecture attentive, il n'y reconnut aucun signe distinctif d'un ami blagueur.

Hanna, un peu effrayée, lui demanda :

« Tu veux toujours y aller ? Tu crois que ça se passera bien ?

— Bien sûr que je veux y aller ! Je ne changerai pas d'avis !... Mais toi, si tu as peur, je ne t'oblige pas à m'accompagner, ni toi ni les enfants, je comprendrai et je ne t'en voudrai pas. Mais moi je ne peux plus reculer... »

Il était déterminé. Rien ne pouvait l'arrêter, pas même les menaces de mort.

Il était écrit qu'il devait partir le 26 juillet de cette année-là.

Pourtant il connut la peur, mais ne l'avoua jamais. Il ne céda pas à la panique, il était fermement résolu à ne pas se laisser intimider et, au fond de lui, les menaces de mort l'excitaient un peu... Ses amis intimes s'inquiétèrent mais, connaissant sa détermination, abondèrent dans son sens et lui donnèrent raison de partir.

Quatre jours avant le départ, l'atmosphère se pourrit brutalement avec l'arrivée d'une seconde lettre de menaces. Ce fut Denis qui l'ouvrit. Même écriture, même signature, seuls le papier et le texte étaient différents. Le papier était un papier d'emballage beige, comme déchiré à la hâte. Quant au texte, il avait monté d'un cran dans la violence des mots :

Pourriture de Français,
On va t'égorger comme un mouton
sale race
on t'attend avec des fusils
le sol algérien est sacré
la mort pour les Infidèles
D.I.L.

C'était le programme à venir.

Comme la précédente, la lettre avait été postée dans le XVIIIe arrondissement.

En Algérie, la situation politique se dégradait de jour en jour. Des groupes armés clandestins attaquaient les policiers du régime en place et brûlaient des fermes jusqu'en Kabylie, incendiant les récoltes. Toutes ces actions, Denis en avait lu le compte rendu dans les journaux, avait découpé des articles.

Alors il pensa que c'était peut-être le FIS qui voulait intimider les Français désirant se rendre en Algérie…

Qui, hors du cercle de ses amis intimes, connaissait son projet de voyage ?… Une seule personne : l'employé du consulat avec lequel il avait échangé des paroles de sympathie.

Il appela le consulat et demanda le service des visas.

Par chance, ce fut l'employé lui-même qui répondit.

Denis reconnut sa voix grave :

« Service des visas…

— Allô, bonjour monsieur, je ne sais pas si vous vous souvenez de moi, je suis venu faire établir six visas, je dois me rendre en Kabylie…

— Oui, parfaitement, vous êtes monsieur Forestier, c'est cela ?

— Vous avez la mémoire des noms…

— Le vôtre se retient facilement, Forestier, forêt… Les arbres… Et puis nous avons parlé de la Kabylie, ça rapproche les personnes… Que puis-je pour vous ? »

Denis prit une large respiration :

« J'ai reçu des menaces de mort…

— Comment ? » fit l'employé comme s'il avait entendu une suite de mots dénués de sens.

Denis répéta :

« J'ai reçu des menaces de mort… »

L'employé du service des visas dit d'une voix blanche :

« Ce n'est pas possible…

— Je voudrais savoir si, en dehors de vous, quelqu'un a accès aux formulaires que nous avons remplis, mon épouse et moi-même… Parce que j'ai reçu ces menaces de mort, chez moi, au courrier… Peut-être que quelqu'un a pu recopier mon adresse sur vos documents administratifs. Une personne du consulat qui pourrait… »

Denis redoublait de politesse pour ne pas choquer son interlocuteur.

« … qui pourrait, comment dirais-je…, ne pas apprécier les touristes français…

— Je vous donne ma parole, monsieur Forestier, que personne, à part moi, n'a accès au fichier des formulaires. Je suis le seul à posséder la clef du placard où nous les classons. Et, personnellement, je n'ai rien remarqué d'anormal au consulat ni aujourd'hui, ni les jours précédents, je vous assure... »

Denis s'excusa en précisant qu'il ne soupçonnait personne en particulier, qu'il avait seulement cherché à se renseigner d'où et de qui pouvaient provenir ces lettres malveillantes.

« Je comprends votre désarroi, monsieur Forestier. Vous n'avez pas d'ennemi, n'est-ce pas ?

— Non », répondit Denis, persuadé qu'autour de lui, parmi tous ceux qu'il avait jusqu'à ce jour croisés, personne ne pouvait lui vouer une haine telle qu'elle engendre le désir de le menacer de mort. Bien sûr, comme dans toute vie, il s'était querellé avec des hommes et des femmes. Mais rien de grave, aucune crise réellement aiguë.

« Alors, si vous n'avez pas d'ennemi, ce doit être l'œuvre d'un mauvais plaisant. Ne tenez pas compte de ces lettres... »

Pendant que le fonctionnaire algérien se voulait rassurant, Denis ne put s'empêcher d'être envahi par la fulgurante image de sa mère, penchée au-dessus d'un bureau, en train de tracer de sa main les menaces de mort à l'égard de son fils. Il trouva même une immédiate justification au geste de Louise : la tentative désespérée d'empêcher le vieil enfant qu'il était d'aller retrouver son père, et de découvrir d'ultimes vérités cachées...

L'employé souhaita de bonnes vacances à Denis

et acheva l'entretien par une phrase qui résonna dans ses oreilles comme un faire-part de deuil.

« Soyez prudent tout de même... »

Ces menaces sur sa vie, celle de sa femme et de ses enfants lui firent découvrir une sensation inconnue : en devenant un homme à abattre, sa vie prenait de la valeur aux yeux de ses amis. Tous s'inquiétèrent, Français et Kabyles.

Les Kabyles de France semblaient les plus touchés.

Mahmoud était atterré par les termes odieux de la lettre et se demandait qui pouvait écrire des horreurs semblables.

Puis Da Youssef appela de Saint-Dizier.

« Ma parole, Denis, il ne faut pas t'inquiéter, il ne t'arrivera rien, je te promets que dans deux jours on dînera à Taghzout. »

Et il ajouta : « T'as pas peur tout de même ?... »

Denis rassura le vieux qui craignait sans le dire de le voir renoncer à son voyage.

« Non, Da Youssef, je n'ai pas peur !

— Ma parole, dit encore le vieux Kabyle, je te défendrai jusqu'à la dernière goutte de mon sang ! Je préfère qu'on me tue moi, plutôt que toi, ta femme et tes enfants !... *R'bbi ! R'bbi !* Les salauds qui t'ont écrit, le Dieu les punira ! »

Au fil des heures, Hanna remplissait les valises de cadeaux pour offrir au village...

Sur les conseils d'Ali, elle avait acheté des coupons de tissu de diverses couleurs pour les femmes de la famille kabyle, la liste était longue : Aïcha,

Yamina — la femme de Nacer —, Khadidja — fille d'Aïcha —, la femme d'Hamid, la femme d'Hocine, frère de Nacer, la femme de Larbi, celle de Djaffar et la tante Djidda.

Les enfants n'étaient pas oubliés. Tous recevraient un cadeau selon leur âge. Pour les tailles, c'était en fonction des souvenirs des Kabyles, des souvenirs variables selon le temps passé loin du pays : un an… Ou quelques mois…

N'oublier personne ! Ce fut la devise des dernières heures.

Les médicaments aussi seraient du voyage. Les Kabyles avaient bien insisté : Nous manquons de médicaments !

Hanna emplit la trousse de premier secours d'antibiotiques, de désinfectants pour les petites plaies, de gouttes pour les maux d'oreilles, de collyres, de pansements, de gaze hydrophile.

Le rêve de Denis s'achevait dans un début de réalité abrupte, il se réveillait doucement, et petit à petit les mots reprenaient leur vrai sens. Le mot *manque* revenait le plus souvent dans la conversation des Kabyles…

Hanna continuait d'entasser toutes sortes d'objets dans les valises : savonnettes parfumées, rasoirs jetables, cahiers d'écolier, pantalons de toile, pulls, chemises, chaussettes ainsi que des jouets, dominos, jeux de cartes, puzzles, crayons de couleur, papier à dessin.

Les dernières heures européennes passèrent dans une atmosphère tendue à l'extrême. Sans cesse revenaient les allusions aux menaces de mort. Tous dans la famille tentaient de minimiser l'événement mais nul n'y parvenait vraiment. Les mots étaient présents, précis, clairs et noirs... Dans les conversations, chaque mot apparemment anodin renvoyait aux termes des deux lettres.

C'était comme une mélodie obsédante, lancinante, pénétrante, comme une funèbre musique de fond jouée par des musiciens invisibles et dirigée par un chef d'orchestre meurtrier attendant la dernière mesure pour frapper.

Chaque membre de la famille en était conscient et redoublait cependant de gaieté comme pour forcer le destin à changer de cibles. Car chacun, sans le dire, se sentait visé.

Un soir au coucher, Guillaume demanda à sa mère :

« Dis, maman, tu crois qu'il ne nous arrivera rien en Algérie ? Parce que j'ai peur...

— Si tu as peur, Guillaume, tu n'es pas obligé de venir.

— J'ai peur, mais je veux venir avec vous. Je veux voir mon papa heureux au pays de ses racines. »

Le dimanche précédant le jour du départ fut d'une intense activité. On sentait bien qu'il allait se passer quelque chose d'exceptionnel.

Dans les préparatifs d'expédition, il y avait un mélange de sublime, de supérieur, voire de sacré dans ces ultimes gestes, une sorte de messe païenne avec l'instant de l'Élévation vers les monts du Djurdjura... C'est ce que ressentit Denis, tendu vers un seul but : la Kabylie coûte que coûte.

Par ce matin de juillet, il attendit, dans le hall de la gare de l'Est, le train de Saint-Dizier. Dans le hall, de jeunes touristes étrangers pique-niquaient à même le sol. Il songea que lui aussi, dans quelques heures, il serait étranger dans son propre pays...

À 8 h 35, le train entra en gare. Denis s'avança sur le quai à la rencontre du vieux et de sa femme.

« Je suis réveillé depuis 4 heures du matin. Je n'ai pas fermé l'œil depuis... Je pense tout le temps à ton histoire de lettres... », fit Da Youssef en guise de bonjour.

Il ajouta : « On va téléphoner au pays pour les prévenir. Comme ça vous serez protégés, toi et les tiens... »

Denis empoigna les deux grosses valises de Da Youssef.

Pendant le trajet, le vieux vilipenda à nouveau les anonymes des Postes :

« Ma parole, ils n'ont pas intérêt à poser la main sur toi, ni sur ta femme, ni sur tes gosses !... Ma parole, si on les chope ils passeront un mauvais quart d'heure !... »

L'après-midi, tous les Kabyles de Saint-Denis, Mahmoud, Amara, Hamimi et même Amar, spécialement venu d'Evreux, étaient là pour saluer une dernière fois le cousin retrouvé, le cousin qui *retournait* au pays.

Mais les visages étaient graves. Tous connaissaient l'existence des lettres et tous au fond d'eux-mêmes se sentaient impuissants malgré leur profond désir d'aider Denis et de le protéger.

Amara était lui aussi originaire de Taghzout, il avait vécu toute son enfance avec Mahmoud. Il dit gravement :

« Tu sais, Denis, je suis en colère ! Ça me fait pas plaisir que tu aies reçu ces lettres. C'est comme si c'était moi qui les avais reçues... »

Mahmoud ajouta :

« Oui, c'est la honte pour celui qui a écrit ça ! »

Quant à Amar et Hamimi, ils tombèrent d'accord pour dire que, tôt ou tard, les coupables se trahiraient...

Puis Denis déclara qu'il ne se laisserait pas intimider et qu'ils étaient là pour fêter son départ.

« Champagne !... dit-il en remplissant les coupes. Vive la Kabylie, vive Taghzout !

— Pas pour moi, Denis... Mais je trinque avec vous... Donne-moi un verre d'eau », dit Amara.

Au soleil déclinant, on se sépara après les multiples conseils et phrases rassurantes de tous les cousins :

« Ça se passera bien... C'est calme en Kabylie... Le FIS ne passe pas là-bas... Envoyez des cartes postales... Embrasse mon père et ma mère... »

Le temps qui passait fit monter l'anxiété de Denis jusqu'au lendemain matin, jour du départ.

Car ce jour, à force d'en parler, était bien arrivé !

Les heures avaient grignoté les heures.

Da Youssef fut le premier sur pied.

« Je suis levé depuis six heures, dit-il en embrassant Denis. J'ai regardé ton jardin, il est rempli d'oiseaux. Tu verras, là-bas aussi, il y en a. *R'bbi ! R'bbi !* Quand j'étais jeune et que j'allais à la chasse avec ton père, on se levait tôt, on partait de bonne heure et on ramenait des grives... Ah ! la la ce que j'ai pu en ramener !...

— Et des scorpions, Da Youssef, il y en a beaucoup ?

— Oui, il y en a, mais pas beaucoup. Ils se mettent sous les pierres. Il faut faire attention si on en déplace une, mais ils n'entrent pas dans les maisons. »

Il était 9 heures du matin, la maison s'éveillait. Hanna ordonnait chaque chose, vérifiait tout, tandis que tous s'activaient et que Da Youssef fumait cigarette sur cigarette.

Le téléphone sonna.

Denis décrocha précipitamment :

« Allô ?

— Allô ? Denis ?

— Oui...

— C'est Mahmoud... »

Sa voix était hésitante.

« Denis... Je peux te parler... Tranquillement...

— Bien sûr... Qu'y a-t-il ?

— Voilà... J'ai... j'ai parlé avec mon père de cette histoire... de lettres... Tu sais que mon père est à Paris, il est venu pour recevoir sa pension...

— Oui. Alors ?

— Eh bien... Hier soir, quand je suis rentré...

On a parlé du village… Et il m'a raconté qu'il y a eu une dispute… Entre cousins.. À ton sujet…

— À mon sujet ?... répéta Denis qui resta bouche bée.

— Oui… C'est compliqué… Tu sais… Ton père… Da Mohand, comme tous les Kabyles, il possédait un terrain à Taghzout…

— Non, je ne savais pas… Et alors ?…

— Et alors… Un des cousins qui doit avoir l'âge de Da Youssef, il le connaît d'ailleurs…

— Attends un instant, Mahmoud je mets le haut-parleur du téléphone… Parle maintenant, Da Youssef t'entend…

— C'est le cousin Mouloud… Quand il a appris que tu allais venir à Taghzout, il s'est mis en colère. Il est allé chez Nacer, le maire de la commune, et il a dit que ce *roumi* n'avait rien à faire ici, que le terrain ne lui appartenait pas, il parlait de toi, Denis, quand il disait *roumi*.

— J'ai bien compris », fit Denis, suspendu aux révélations de Mahmoud. « Mais qu'est-ce que j'ai à voir avec ce terrain ?

— Je te l'ai dit : il t'appartient de droit puisque tu es le fils de Da Mohand, son descendant direct. Ça contrarie les plans du cousin parce qu'il avait décidé de s'approprier le terrain libre et d'y construire une maison… Il est venu à Paris, il y a une semaine. Mon père l'a vu à Saint-Denis… »

Denis a tout compris, c'est ce Mouloud qui a posté les lettres… Mahmoud poursuit pendant que Da Youssef, scandalisé, grommelle !

« Même le cousin Larbi est venu d'Alger. Il y a

eu une réunion chez Nacer avec le cousin Rachid... Ils ont failli se battre. Nacer a dit : Il faut respecter la Loi. Le fils de Da Mohand a droit au terrain de son père s'il le réclame. Voilà !... »

Denis n'en croyait pas ses oreilles...

« Mais alors... les initiales... D.I.L.

— Oh je crois que c'est un petit jeune, un marginal du village qui a dû l'aider à écrire les lettres et il a trouvé cette signature. Je me souviens qu'on lui donnait ce surnom, il y a quelques années... Voilà ! Tu connais toute l'histoire à présent. Il faut oublier... De toute façon, ils savent que tu viens... Ils doivent regretter aujourd'hui... »

C'était le bouquet final ! On se fâchait, on se battait encore à cause de lui ! On proférait des menaces de mort pour un terrain dont il ignorait jusqu'à l'existence.

Qu'un sang impur abreuve la terre kabyle ! Et l'impur, c'était lui ! Atroce ironie du sort. Imbécillité du destin !... Bêtise séculaire des hommes !

Lui revint en mémoire cette machination diabolique dont il avait lu l'incroyable histoire : une vengeance kabyle dont le dénouement — la mort de deux hommes — se prépara secrètement durant plus de vingt-cinq années !...

C'était terrifiant de bêtise. Croire qu'il venait, à plus de cinquante ans, pour la première fois de sa vie sur la terre de ses ancêtres dans le but de prendre possession du terrain de son père ! Il explosa :

« Mais je m'en fous, moi, du terrain de mon père ! Ce qui compte avant tout, c'est de voir la famille, ma famille, rencontrer peut-être les derniers êtres humains qui aient connu mon père, qui lui ont parlé, qui se souviennent encore du son de sa voix, de son rire aussi peut-être.

« Je ne vais pas en Kabylie pour prendre de la terre, je ne suis pas un voleur d'humus.

« Si l'on me dit que ce terrain me revient de droit, alors, par sentiment filial naturel, je serai fier de fouler un lopin de terre ayant appartenu à mon père, mais c'est tout !... »

Mahmoud prit congé en souhaitant à tous de bonnes vacances.

« Inch Allah ! » fit Da Youssef en entamant un long monologue sur la méchanceté des hommes.

« Ça ne lui portera pas bonheur, le Dieu le punira... ! »

Puis il raconta à Denis l'histoire de ce fameux terrain :

« Le grand-père Larbi possédait des champs d'oliviers en haut du village, l'oncle Abdel-Krim avait hérité d'un terrain dont il ignorait la superficie. Il savait à l'époque qu'il commençait à la hauteur des derniers frênes au bout du village et qu'il se terminait avec la rangée de micocouliers juste derrière la source où j'allais chercher de l'eau avec mes sœurs quand j'étais enfant. Quant à Da Mohand et ses frères, ils s'étaient partagé cette terre à la mort de leur père Da Larbi. Donc ce terrain te revient. »

Avant de s'envoler pour Alger, il restait à Denis un acte à accomplir : écrire à sa mère. Il s'excusa auprès de tous et s'isola dans son bureau.

Chère Louise, ma mère…

Je serai loin quand tu liras cette lettre. Le temps me presse… Je pars en Algérie, en Kabylie… Je t'avais déjà annoncé mon éventuel départ au téléphone, tu te souviens, il y a quelques mois de cela…

Je ne sais pas ce qui se passera là-bas mais je sais une chose : je dois y aller, une force inconnue me pousse à faire ce voyage, il est grand temps…

Tu sais pourquoi je le fais n'est-ce pas ?... Tu sais aussi que tu m'as sans cesse repoussé quand j'ai tenté d'instaurer avec toi une timide tentative de dialogue quant à la délicate question de mes origines… Il a donc fallu que je me débrouille seul, aidé d'Hanna et de Samuel… Je ne te reproche rien, je constate, c'est tout…

Souviens-toi, un jour où j'essayais de parler, de nous parler une nouvelle fois, tu m'as dit d'un ton péremptoire : « Il y a plein de gens dans le monde qui n'ont pas connu leur père… Ton père à toi, c'était Bernard Forestier… qui est mort quand tu avais six ans… »

Mais tu sais bien que c'est un mensonge… Et ce mensonge, je l'ai découvert dans un paquet de lettres cachées chez la grand-mère Drancourt… Et puis il y a autre chose : toi, Louise, tu as connu ton père, tu sais qu'il s'appelait Abel Drancourt… Tu n'as donc jamais eu à te poser de questions. Or, moi, j'ai dû imaginer, fabuler, fantasmer, inventer pour combler ton refus d'informations, ton refus de m'informer…

Et puis tu as ajouté : « Il y a des choses que je ne dirai jamais... » J'ai alors compris que le dialogue s'arrêterait là... Je n'ai plus insisté... Tu as tes raisons... J'ai les miennes que tu dois accepter à présent, tu n'as plus le choix, et tu ne m'as pas laissé le choix non plus...

Tu as tout fait pour ne pas m'avouer le nom de mon père, le seul qui me revient de droit : Aït-Salem...

Forestier est, et restera pour moi une imposture, une erreur d'état civil...

Je pars...

Je sais que tu te poses la question, à la lecture de cette lettre : « Comment a-t-il appris le nom d'Aït-Salem ? » Je peux te le dire, Louise, les morts ne parlent plus, ils sont en sécurité... C'est la tante Marthe qui m'a donné le nom... Et le prénom Mohand est venu plus tard... Si tu le voulais, un jour, nous pourrions en reparler... Mais tu ne voudras pas... Je t'ai écrit cette lettre car il m'a semblé que le moment était venu aujourd'hui précisément... Mais ne hurle pas, Louise, ne crie pas, ne te roule pas par terre...

Je fais ce voyage en toute conscience, avec un bonheur immense.

Je reste ton fidèle fils et je t'embrasse.

Denis.

Quand il relut sa lettre, il renonça à l'envoyer.

XXII

Inéluctablement le temps grignota les minutes jusqu'au décollage de l'avion dans lequel tous se retrouvèrent.

Une voix masculine annonça :

« Verrouillez les portes et vérifiez les toboggans... »

Le cœur de Denis battait fort dans sa poitrine quand la même voix ajouta :

« Mesdames, Messieurs bonjour, ici le commandant de bord Bessis, décollage immédiat... »

Denis prit la main de sa femme et la serra très fort.

L'avion, un Boeing 737, s'arracha à la terre. On eût dit que c'était l'ultime effort de Denis pour rejoindre les siens...

Une hôtesse passa avec son chariot en proposant des boissons.

« Du champagne ! fit Denis. C'est le voyage de ma vie !

— Félicitations, monsieur ! Vous restez sur Alger ?…

— Non ! Nous allons en Kabylie !

— Ah ! Très bien, c'est très beau, vous verrez… C'est la première fois que vous y allez ?

— Oui, répondit Denis, et j'espère bien que ce n'est pas la dernière… »

Les ultimes souvenirs européens de Denis furent des voix.

Celle de l'hôtesse : *Nous atteindrons l'aéroport d'Alger Houari-Boumediene, à 17 h 30, heure locale !*

Puis, quelque temps plus tard, celle du commandant de bord prévenant les passagers, *à gauche de l'appareil, vous pouvez apercevoir les îles Baléares…*

Denis aimait beaucoup entendre les commentaires des pilotes. Il se souvint à cet instant d'un vol Paris-Montréal et d'une phrase : *Nous survolons actuellement les bancs de Terre-Neuve…* Cette phrase était restée gravée en lui comme un vers libre de Prévert.

Par le hublot, il vit des bandes de terre jaune clair. Il distingua des voiliers blancs, des bateaux de pêche.

Enfin l'hôtesse annonça :

« Mesdames, Messieurs, nous commençons notre descente sur Alger…

— Cette fois, ça y est, fit Da Youssef. Tu ne peux plus y échapper !… »

L'avion descendit de plus en plus vite, poussé par les vents du destin, comme pour rattraper les années perdues de Denis. Des immeubles, des maisons aux contours imprécis, semblaient baigner à travers le hublot dans une lumière étincelante et blanche à la fois.

Enfin l'avion se posa sur la piste en douceur puis roula encore quelques mètres jusqu'à l'arrêt final. *Mesdames, Messieurs, nous venons d'atterrir à l'aéroport d'Alger Houari-Boumediene. Il est 17 h 30, la température extérieure est de 38 degrés...*

Les tempes de Denis cognaient pendant que l'hôtesse remerciait les passagers d'avoir choisi Air-France et espérait les revoir prochainement sur ses lignes.

« Nous y sommes !... » dit-il à Hanna.

En un mouvement général et spontané, les passagers se levèrent de leurs sièges.

À cet instant encore, bien qu'il eût dit un *nous y sommes*, dont la banalité l'affligera plus tard, il n'arrivait pas à croire qu'il était bien sur la terre d'Algérie en ce mois de juillet... Même le passage obligé au poste de police des frontières, la présentation des passeports, la douane, tous ces événements ordinaires ôtaient de la solennité au voyage. Ce fut seulement quand, après avoir récupéré leurs bagages, ils sortirent de l'aéroport qu'il éprouva la sensation définitive et unique de faire partie, d'appartenir à cette famille qu'il avait tant cherchée et qui était venue l'accueillir.

Ils étaient tous là, tous ces cousins inconnus jusqu'à ce jour : Rachid, Larbi, Boudjemâa, Samir, Nacer... Ils étaient là !... Le cœur et les bras ouverts, le sourire et les paroles de bienvenue aussi.

« Bienvenue ! Bienvenue ! Bienvenue ! Bienvenue ! »

Le temps passerait. Denis ne devrait jamais oublier ces visages heureux d'avoir retrouvé leur lointain cousin, ces visages éclairés de bonheur vrai, ces gestes d'empressement affectueux. Ce furent pour Denis les premières secondes de ce qu'il appellera plus tard son *bonheur kabyle.*

Il était 18 h 15 à Alger.

Devant l'aéroport.

Entouré de sa famille...

XXIII

Commençaient pour Denis les *Heures algériennes.* Elles furent chaudes, émouvantes et très belles.

Elles commencèrent à l'aéroport et se poursuivirent sur la route qui traverse la Mitidja à la sortie de la périphérie d'Alger.

Les cousins avaient décidé qu'on ne resterait pas dans la ville, par sécurité, et que l'on prendrait tout de suite la route pour la Kabylie, direction Tizi-Ouzou. Ils étaient venus avec trois voitures, une 205 rouge, une camionnette Renault blanche et une autre Peugeot.

Elles se suivaient prudemment, laissant un espace convenable entre chacune d'elles. Denis et Hanna avaient pris place dans la 205 que conduisait Rachid. Guillaume était assis à côté de lui.

Rachid était un homme de taille moyenne, sourire étincelant, moustaches noires finement taillées, chemise blanche et pantalon de toile écrue.

Il avait pris la tête du *cortège* et, tout en conduisant, il disait le plaisir qu'il avait de voir Denis et sa famille.

Il évoquait le Destin, « le Mektoub, comme on dit chez nous !... ». Comme les autres cousins, il parlait le français en roulant les *r*.

Dans les véhicules qui suivaient, se tenaient Jérôme, Da Youssef et sa femme... Nacer conduisait.

Denis, tout en parlant avec Rachid, regardait le paysage défiler. De chaque côté de la route, des vendeurs de fruits proposaient leurs marchandises.

Des panneaux aux lettres blanches sur fond bleu indiquaient les noms des villes : Tizi-Ouzou, Aïn el-Hamman, Larba Nat'Iraten... des noms qui avaient fait rêver Denis. Devant eux, à l'horizon, le soleil rougissait. La lumière du jour s'atténuait pour laisser place aux premiers instants de la nuit sur la plaine de la Mitidja.

Dans le sens inverse, les voitures avaient leurs phares allumés.

Soudain, il y eut un ralentissement... Rachid freina puis rétrograda.

« C'est un barrage de l'armée, dit-il. Ne vous inquiétez pas... »

À une cinquantaine de mètres, un groupe de soldats, mitraillette au poing, avait établi une voie de dégagement afin de contrôler les véhicules.

Un soldat fit signe à Rachid de s'arrêter. Rachid s'arrêta et baissa la vitre :

« *Salamo Aleïkoum*...

— *Salamo Aleïkoum*... Où allez-vous ? demanda en français le soldat.

— À Tizi-Ouzou, répondit Rachid. Je suis avec des amis de France...

— Ça va... Mets tes phares, c'est la nuit !... »

Le soldat fit signe à Rachid de repartir.

Comme pour s'excuser de l'incident, Rachid expliqua :

« Il y a des barrages dans la région d'Alger, c'est à cause du FIS. Mais en Kabylie, c'est calme, le FIS est inexistant... Faut pas avoir peur... »

Les deux autres voitures, elles, n'avaient pas été contrôlées et avaient poursuivi leur chemin.

À quelques kilomètres, à la terrasse d'une buvette, Nacer, Jérôme, Larbi et les autres cousins les guettaient et leur firent de grands signes.

Rachid stoppa. Ils descendirent de voiture et rejoignirent le petit groupe. Ils commandèrent des boissons fraîches.

La nuit était tombée à présent.

À cette première halte, Denis, exalté, admira les splendeurs du crépuscule algérien. Il alla jusqu'à en commenter les couleurs :

« Regardez ce rouge magnifique et ce bleu, et ce violet superbe... »

Les cousins, tout en acquiesçant, continuaient les paroles de bienvenue.

Da Youssef, impatient d'arriver en Kabylie, demandait des nouvelles de toute la famille et surtout de Dal'Hadj, le plus vieux cousin de Taghzout. Da Youssef parlait souvent de Dal'Hadj à Denis, il aimait profondément ce vieil homme qui lui avait tout appris dans sa jeunesse, la chasse, les plantes, les sources... On l'appelait Dal'Hadj parce qu'il était allé à La Mecque en pèlerinage. Denis souhaitait vivement le rencontrer car ce vieux monsieur avait connu son père. Il pourrait lui en parler.

Les cousins rassuraient Da Youssef.

« Dal'Hadj va bien... Il vieillit un peu mais il est en bonne santé. »

D'après Da Youssef, il avait quatre-vingt-trois ans... ou quatre-vingt-quatre...

« Quatre-vingt-cinq ans », précisa Nacer.

C'était un moment privilégié que Denis savourait, comme cette fraîche citronnade, par ce premier soir algérien, entouré de ses cousins...

Pour la première fois de sa vie d'homme, il pouvait réellement se sentir et se dire Kabyle parmi les Kabyles, sans honte, sans se cacher, sans peur, et chaque parole, chaque geste lui paraissait d'une limpidité, d'une simplicité totale. Il ne pensa pas à sa mère avec ressentiment mais plutôt — il se l'avoua — avec la lassitude d'un combattant exténué mais vainqueur.

Il eut le courage de dire à Hanna :

« Si ma mère me voyait !... »

Ils repartirent dans la nuit bleutée. Les phares éclairaient les passants sur le bord de la route, des hommes en majorité. Rachid se voulait rassurant :

« Tout le monde vous attend au village ! Tout le monde est tellement content ! »

Les panneaux routiers étaient pour Denis

comme les stations de métro de son enfance qu'il avait apprises par cœur, mais au lieu de lire :

Nation, Avron, Philippe-Auguste, Ménilmontant, Père-Lachaise..., il pouvait lire à présent comme une simple traduction :

Tizi-Ouzou, Larba-Nat Iraten, Aïn el-Aman, Aït Ichem, Illelten, Iferhounen et... *Taghzout !*

Ils y étaient à Taghzout ! Ils y étaient !

Encore quelques centaines de mètres sur ce que Rachid appelait « la piste », une sorte de chemin de terre, et ils seraient à Taghzout !

« Taghzout-City » comme l'avait surnommé Rachid.

En pleine montagne, les lumières des petits villages kabyles scintillaient comme des guirlandes pour fêter l'arrivée de Denis.

Les phares éclairaient le chemin défoncé.

Enfin, Denis distingua une bande de terre avec quelques véhicules...

La voiture s'immobilisa.

« Voilà ! Vous êtes à Taghzout ! dit Rachid, ici, c'est la place du village !... On ne peut pas aller plus loin avec la voiture. »

La petite place était éclairée par la faible lueur d'un réverbère. En posant le pied sur le sol de Taghzout, son village, Denis soupira profondément, regarda droit devant lui les lumières des maisons dans la vallée, puis leva la tête. Le ciel, la nuit, étaient remplis d'étoiles. L'air était chaud mais d'une chaleur douce et supportable. Il resta silencieux quelques secondes, ne sachant plus quoi dire, comme si les mots ne devaient pas être prononcés...

Un chien, un bâtard, vint lui lécher la main.

« T'es content ? demanda Rachid d'une voix douce.

— Très ! » répondit Denis machinalement.

Arrivèrent les deux autres voitures. Le vieux Da Youssef se dirigea vers Denis, en s'aidant de sa canne.

Ils s'embrassèrent.

« Merci de m'avoir amené jusque-là ! »

Il était 23 heures. Denis, Taghzout, la Kabylie.

Denis était arrivé en Kabylie !

Nacer, Larbi, Boudjemâa, Samir, entourèrent Denis, Hanna et Guillaume.

« Bienvenue à vous ! Vous êtes ici chez vous ! C'est votre village ! »

Surgirent alors d'on ne savait où plusieurs jeunes garçons. Rachid dit :

« Mes enfants, Bachir, Azem, et Ferhat... »

Bachir qui devait avoir une quinzaine d'années s'approcha de Denis et lui lança avec un large sourire :

« *Laslama*... à Taghzout !... Bienvenue !... »

Où Denis avait-il éprouvé une telle joie et depuis quand avait-il ressenti un tel bonheur aussi *simple* ?

Enfin, Azem s'approcha.

« Bienvenue au village... m'sieur Denis et madame... »

Rachid dit quelques mots en kabyle à ses fils, puis se tourna vers Denis et Hanna.

« Suivez-moi, ma maison est juste en bas du petit chemin, c'est là que vous habiterez ! J'espère qu'elle vous plaira… Les enfants et les cousins vont prendre vos bagages. »

Passé la petite place du village, il n'y avait pas de lampadaire pour éclairer les rues. Rachid guida avec précaution Hanna et Denis sur le chemin pierreux qui menait à sa maison.

Pendant quelques secondes, l'obscurité fut totale, mais bientôt l'on put apercevoir une lumière, celle de la porte d'entrée d'une maison. La porte s'ouvrit découvrant une large cour carrée, avec plusieurs portes de plain-pied et, au fond, un escalier qui menait à un palier desservant quatre pièces. Au rez-de-chaussée, trois chambres éclairées, toutes portes ouvertes.

On percevait vaguement que la cour, ceinte d'un muret d'un mètre cinquante environ, donnait sur une vallée.

Ils entrèrent dans la maison de Rachid.

Une femme au visage très doux, les cheveux cachés sous un foulard violet, portait une robe kabyle de diverses couleurs : jaune, vert, rouge. Elle vint à leur rencontre.

« C'est ma femme, Aïcha ! » dit Rachid.

Elle leur sourit. Son sourire aussi était très doux. Elle embrassa tout le groupe en souhaitant la bienvenue. Aïcha leur montra la maison et Denis comprit qu'elle voulait dire :

« Vous êtes ici chez vous ! »

Rachid leur présenta ensuite une vieille dame,

belle, d'une tenue impeccable, foulard et robe de couleur assortis.

« C'est ma mère ! »

Denis fut touché au cœur par la chaleureuse spontanéité de l'accueil, ce flot d'exquise gentillesse naturelle. La vieille dame avait un regard d'une douceur infinie.

« *Laslama ! Laslama !...* », répétait-elle en embrassant Denis et sa famille.

Puis elle parla gravement avec Da Youssef durant quelques instants... Une jeune fille, habillée à l'européenne, vint alors se présenter :

« Bienvenue ! Je suis Khadidja, je suis la fille de Rachid ! » dit-elle en français.

Elle ne portait pas de foulard sur la tête, ni de robe de couleur. Elle ressemblait à sa mère Aïcha, même jolie rondeur de visage, même douceur, même sourire... Aïcha et Khadidja avaient des yeux noirs. Seule la vieille mère de Rachid avait les yeux d'un bleu transparent.

Les femmes disparurent un instant par une porte au fond de la cour pour réapparaître chargées d'un plateau sur lequel étaient posés des verres et une carafe d'eau...

Pendant qu'ils se désaltéraient, Bachir et Azem, aidés de Nacer et de Larbi, avaient monté leurs bagages au premier étage.

« Vous devez être fatigués ! Je vais vous montrer vos chambres... »

Ils suivirent Rachid et s'installèrent dans leurs chambres respectives.

« Reposez-vous bien, nous parlerons demain ! Bonne nuit ! » dit Rachid.

Il était minuit et demi en Kabylie, à Taghzout.

Un homme s'endormait là où il avait tant rêvé dormir ..

XXIV

Il se réveilla le premier, regarda sa montre à son poignet. Elle indiquait 7 h 30. À travers les volets en bois de la chambre filtraient des rais de lumière. Il prit conscience de l'endroit où il avait dormi.

C'était bien chez Rachid, à Taghzout, en Kabylie. Il n'y avait pas de doute, le rêve s'était matérialisé. Il se leva avec précaution, sans bruit pour ne pas réveiller Hanna. Il s'habilla avec des gestes mesurés, ouvrit la porte de la chambre, sortit dans une lumière aveuglante et découvrit dans un éblouissement la vallée, les montagnes du Djurdjura et un champ d'oliviers qui s'étalait en pente douce, derrière le muret. Dans la cour, des enfants, petits et grands, que Denis n'avait pas vus la veille, attendaient sagement son arrivée. Ils étaient tous venus, dès l'aube, pour voir le cousin, l'oncle éloigné…

Il se pencha par-dessus la rampe de l'escalier et les salua d'un geste de la main. Tous en chœur lui répondirent avec un grand sourire :

« *Svah'el'xir !* »

Denis savait qu'il ne pouvait leur faire plus plaisir qu'en leur répondant en kabyle. Alors, sans retenue, face à la chaîne du Djurdjura, devant les oliviers attentifs, il lança son premier :

« *Svah'el'xir !* »

En bas, Aïcha nettoyait le sol de la cour à grande eau qu'elle puisait dans un fût en tôle à l'aide d'une cuvette et, plus loin, Khadidja, sa fille, roulait la semoule pour de futurs déjeuners.

Denis descendit l'escalier. Les enfants l'entourèrent et tendirent leurs joues.

« Comment t'appelles-tu, toi ?

— Je suis Abdel-Krim, fils de Belaïd...

— Je m'appelle Mokran, mon père c'est Hocine...

— Moi, c'est Saïd, fils d'Abdallah... »

Denis aperçut la vieille maman de Rachid, sur le pas de la porte de sa chambre.

Il alla la saluer.

« *Svah'el'xir !* ... Denis Aït-Salem ! » lui dit-elle.

Car ce fut elle, cette vieille dame, qui la première l'appela par son nom comme si tout naturellement la mémoire de l'histoire kabyle se transmettait par les vieilles femmes. On l'avait appelé Aït-Salem !... C'était aussi la reconnaissance des Anciens, gardiens des traditions et des souvenirs. L'aïeule ne parlait pas français mais elle voulait communiquer, transmettre à Denis quelque chose d'elle-même, de son passé. Elle le prit par le bras, le conduisit jusqu'au muret et lui parla en kabyle :

« *Moudjahidin*... Là-bas... » Elle montrait la vallée.

Ce fut Bachir qui traduisit. Même s'il cherchait parfois ses mots, comme les autres enfants ou adolescents du village, il s'exprimait assez bien en français. Seuls les adultes de la génération de Denis le parlaient couramment.

« Elle dit que, pendant la guerre, les soldats de la Révolution se sont battus contre les Français là-bas, tu vois, où il y a ce gros rocher, c'est une grotte... Les Moudjahidin n'ont pas pu en sortir, les Français les en ont empêchés... Il y a encore des ossements à l'intérieur... »

Elle parlait toujours et Bachir traduisait :

« Elle a été ramassée avec tous les habitants du village. Ils ont été entassés, avec les enfants, dans une pièce grande comme ça », il montrait un réduit en bois qui contenait trois bidons métalliques remplis d'eau.

Denis dit à Bachir :

« Dis-lui que la guerre c'est mauvais et qu'il faut penser au bonheur de s'être retrouvés... »

Ce fut encore cette vieille femme qui apprit à Denis le mot *lferh*, le Bonheur...

Bonheur d'être immergé au sein de la famille, le liquide amniotique kabyle ! Le vieux bébé de cinquante ans balbutiait ses premiers mots kabyles ! Sans aucune gêne, enfin !

Brûlant, le soleil inondait la vallée.

En face, sur l'autre versant, les monts du Djurdjura se découpaient gris pâle sur fond bleu.

On entendit un âne braire... Dans les minutes qui suivirent, la cour de la maison de Rachid se remplit d'enfants et d'adultes, venus en voisins souhaiter la bienvenue aux *roumis.*

Denis demanda où était Da Youssef. On lui répondit qu'il était parti faire une visite à Dal'Hadj. C'était pour lui une habitude.

Chaque fois qu'il revenait au pays, sa première visite était pour lui.

Deux jeunes hommes se présentèrent à Denis :

«Je suis Abdallah ! dit le plus grand des deux.

— Et moi, Belaïd... Nous sommes les frères de Mahmoud ! Bienvenue à Taghzout !

— C'est grâce à Mahmoud et Da Youssef que je suis ici. Ils m'ont bien aidé...

— C'est normal... », répondit Abdallah.

Les deux frères ressemblaient beaucoup à Mahmoud : même sourire, même voix, même ton calme et tranquille.

Ils demandèrent à Denis des nouvelles des cousins d'Europe, Amar, Hamini.

«Je les ai vus la veille du départ, avant-hier, ils vont bien !

— Alors ça va. »

Bachir invita Denis à prendre le café dans la salle à manger, à l'étage. Hanna, Guillaume et Jérôme les rejoignirent. Janine arriva la dernière.

Aïcha, aidée de Khadidja, avait tout préparé sur une table basse : des pâtisseries variées, du café chaud, du lait. On aurait pu se croire en Normandie, on était en Kabylie.

Nacer annonça le programme de la journée :

« Après le petit déjeuner, vous venez chez moi. C'est à côté… La tante Na Djidda vous attend. Elle est impatiente de te connaître, tu sais, Denis… Il faut venir vite. Elle a dit qu'elle n'avait pas bien dormi parce qu'elle avait rêvé que tu avais eu des ennuis pour arriver d'Alger jusqu'à Tizi… »

Étrange coïncidence entre rêve et réalité. Les ennuis, Denis les avait bien eus mais c'était en France avec les lettres de menaces… Lui aussi était impatient de voir la vieille tante, la sœur de son père.

Comment décrire la tension intérieure qu'il ressentit en ces ultimes instants ? Dans quelques minutes, quinze au plus, il serait face à cette femme qui, elle aussi, de toute évidence, était anxieuse à l'idée de cette rencontre… Le fils inconnu de son frère mort il y a quarante ans ! Retour brutal peut-être dans un passé douloureux !

Lorsque Bachir ouvrit la porte de la maison de Rachid, Denis, alors, put découvrir l'étroit sentier qu'ils avaient emprunté dans la nuit dès le moment où la voiture de Rachid s'était arrêtée sur la place du village.

Frênes et oliviers bordaient le sentier rattrapant à angle droit le chemin pierreux qui de la petite place descendait, comme une rue principale, jusqu'aux premières maisons du village. Dans cette chaleur moite s'imposait le chant des cigales en un incessant *sostenuto*. Bachir ouvrait la marche sur le sentier, suivi de Denis, Hanna, Guillaume, Jérôme,

Nacer et les enfants... Au bout du sentier à gauche ils empruntèrent le chemin empierré de la veille. En montant, à la droite du chemin, on pouvait voir un autre morceau de la vallée, parsemé de taches rouges. C'étaient les toits des maisons de l'autre Taghzout.

« Le village s'appelle Taghzout-Gouada, l'informa Nacer. Ici on est à Taghzout n'fella. C'est comme si on disait Taghzout d'en haut et Taghzout d'en bas.

« Taghzout-Gouada, c'est le premier Taghzout... C'est là qu'on a construit les premières maisons. Si tu veux, un soir à la veillée, je te raconterai l'histoire du village !... »

Sur le chemin montant à la place, ils croisèrent des villageois, hommes et femmes, qui les saluèrent. Nacer servait d'interprète.

« C'est Denis, le fils de Da Mohand... », disait-il en kabyle.

Les réactions étaient toutes identiques : gaies, généreuses.

« *Laslama ! Laslama !* disaient les femmes.

— Bienvenue au pays ! » disaient les hommes.

La plupart ajoutaient :

« Il faudra venir manger chez moi, un soir...

— Ça va, ça va ! répondait Nacer, on va s'organiser... »

Denis l'avait compris, toute l'organisation passait par Nacer et Rachid. Tout avait été programmé, le séjour, les invitations, les repas...

La place inondée de lumière donnait d'un côté sur la vallée où on pouvait apercevoir le minaret d'une petite mosquée sur la gauche, et de l'autre des habitations qui s'empilaient, s'encastraient les unes dans les autres... De plain-pied, ouverte à tous, l'épicerie — l'unique — de Taghzout.

Des jeunes gens, accroupis à l'ombre d'un figuier, saluèrent le petit groupe.

Un homme d'une quarantaine d'années, chemise et pantalon noirs, s'approcha d'eux. Nacer le présenta :

« C'est le frère d'Amara !...

— Bienvenue, dit-il. Mon frère m'a parlé de toi !

— Je l'ai vu il y a deux jours. Il va bien ! » fit Denis.

Ils marchèrent encore une centaine de mètres sur le chemin pentu. À droite, là où le chemin s'élargissait, il y avait une maison.

C'était une habitation construite en béton comme celle de Rachid et là aussi une porte ouvrait sur une cour intérieure.

« C'est ma maison !... dit Nacer. Entre, Denis ! »

Il tourna la poignée d'une lourde porte en fer. Dans un coin de la petite cour, trois femmes étaient assises à l'ombre, le dernier coin d'ombre avant que le soleil ne prenne possession de tout l'espace. Elles se levèrent d'un même élan.

Laquelle était la sœur de son père ?

« Voilà ta tante Na Djidda ! » lui dit Nacer en désignant l'une des vieilles dames. « Elle est très émue... »

La vieille femme s'approcha de Denis, lui mit les

mains de chaque côté du visage et lui dit en pleurant :

« *Laslama ! Laslama !* »

Puis elle rajouta quelques mots en kabyle, ponctués de plusieurs *Mektoub ! Mektoub !*

Elle serra Denis dans ses bras un long moment et pleura silencieusement.

Elle se dégagea, prit un mouchoir qu'elle sortit de la ceinture de sa robe et s'essuya les yeux. Sa robe était d'un jaune éclatant tacheté de motifs bleus. C'était une femme de petite taille, au visage d'une infinie noblesse, au regard très doux... Entre ses cils, un tatouage bleu. Un foulard, jaune également, ceignait sa tête. Elle prit la main de Denis et la garda longtemps, bien après les présentations d'Hanna et des enfants... Elle les embrassait et demandait des nouvelles de Paul, qui était resté à Paris. Elle prenait possession de ce neveu et de sa famille. Elle se sentait responsable du fils de son frère et de la famille qu'il avait fondée.

Nacer présenta la seconde vieille dame :

« C'est ma mère... »

Plus grande que Na Djidda, elle portait une longue robe bleu et rouge et un foulard de même couleur couvrait sa tête fine.

« *Laslama ! Laslama !* ... »

La plus jeune des trois femmes, robe blanche et nue-tête, s'approcha. Son visage était fin, joliment dessiné, et ses yeux d'un bleu transparent.

« Voici Yamina, ma femme... », fit Nacer.

Un petit garçon à la chevelure blonde éclatante s'interposa.

« C'est mon fils, Mokran... Il a trois ans... Celui-là, c'est Liès, il a cinq ans et Nassima, sept ans... » Puis Nacer ajouta : « Entrez, on va boire un café... »

C'était comme une vague de bonheur qui déferlait sur Denis. Rêvait-il ? Était-ce la réalité ? Que vivait-il ? Était-ce vraiment un — ou des — moment de sa propre vie ? Était-il maître, à cet instant, de sa propre existence ? Était-ce un tour de magie ? Et s'il rêvait, allait-il se réveiller à l'instant *du plus beau moment* avec une immense déception au cœur, comme cela lui était arrivé au terme de rêves merveilleux ?

Ils entrèrent dans la maison de Nacer. Larbi présenta sa femme et ses filles, Souhia, Samira et Souad. Toutes les trois étaient étudiantes à Alger, elles aussi étaient venues à Taghzout pour faire connaissance avec ce cousin de Paris.

La maison s'emplit d'un brouhaha joyeux, ponctué de rires et de claquements de mains. Le mot *Mektoub* revenait souvent dans la conversation. Denis, main dans la main avec sa vieille tante, s'assit à son côté sur un canapé de la pièce principale. Nacer et Larbi traduisaient ce qu'ils pouvaient :

« Ta tante dit que tu ressembles à ton père ! expliqua Larbi.

— Tant mieux, répondit Denis.

— Même regard, mêmes yeux, mêmes lèvres, même découpe des cheveux sur ton front, continuait Nacer.

— Elle dit qu'elle croit revoir son frère vivant... »

Hanna avait pris place à la gauche de Na Djidda qui lui prit la main. Dans ces simples serrements de main, on avait renoué avec la famille absente, le passé, le sang.. En s'adressant à Denis et Hanna en kabyle, Na Djidda tentait de leur communiquer quelque chose qu'ils avaient en commun. Denis regretta de ne pas parler la langue de son père, de sa tante, de ses cousins, sa propre langue ! Pourtant les quelques mots et les quelques expressions kabyles qu'il avait appris faisaient plaisir à l'assistance quand il les employait avec bonheur. En l'entendant parler tamazight, les visages s'éclairaient en un large sourire qui se poursuivait parfois en un grand rire de contentement.

Jérôme et Guillaume avaient d'emblée noué des relations avec leurs jeunes cousins, Boudjemâa et Samir. Ils parlaient avec eux de leur projet : venir à Paris pour faire leurs études, l'un comme ingénieur en hydraulique, l'autre pour étudier le français à la Sorbonne.

« J'ai le virus de Paris, disait Samir, c'est à Paris que je voudrais vivre et travailler. »

Denis vit que les filles de Larbi, leur mère, la mère de Nacer et la femme de celui-ci avaient quitté la pièce après les présentations.

« Elles vont préparer le repas », dit Nacer.

Lentement, Na Djidda se leva du canapé et, lâchant la main de Denis, entraîna Hanna vers une porte au fond de la pièce. Elles se retrouvèrent dans une chambre sombre. Na Djidda ouvrit une petite armoire dans laquelle elle prit un sac en plastique. Elle y plongea la main et en ressortit une robe kabyle rouge et jaune de la taille d'Hanna ainsi que deux bracelets en fer ciselé, bijoux de l'artisanat traditionnel.

Nacer expliqua :

« C'est rien... Ce sont des petits cadeaux... Ça fait plaisir de donner en bienvenue... »

Yamina à son tour offrit une robe blanc et rouge... Hanna était émue par ces femmes qu'elle trouvait belles et généreuses. Elle les remercia en tamazight :

« *Saha ! ...* »

Puis elle les embrassa.

Le couvert avait été dressé sur deux tables, une haute et une basse. Da Youssef, le visage souriant, revenait de sa visite chez Dal'Hadj.

« Mon Dieu, Denis, je suis content ! Je l'ai vu ! Il viendra demain matin te voir chez Rachid !... »

La chaleur était intense à ce moment de la journée, une chaleur qui devait se prolonger ainsi, tous les jours, jusqu'à 18 heures, moment où l'on pouvait espérer quelques degrés en moins, pour sentir la fraîcheur d'un début de soirée qui ne pourrait qu'être heureuse...

Nacer proposa de l'eau fraîche.

Ce fut en Kabylie que Denis redécouvrit l'importance de l'eau.

Citadin comblé, tous robinets ouverts, il ne s'était jamais préoccupé de ce liquide transparent qui coulait en abondance dans les tuyaux de la vieille Europe.

La chaleur atteignant aisément les 45 °, il était clair comme de l'eau de roche que la première boisson de l'homme, c'était l'eau...

Jamais il n'aurait pensé qu'un verre d'eau pût lui faire autant d'effet. Combien il apprécia tous ces verres d'eau offerts en guise de bienvenue et d'amitié. Il s'en délecta de l'eau ! Il en redemanda ! Jusqu'à s'en saouler de joie ! Ivre d'eau claire et fraîche ! Comment cela était-il possible ? Pourtant cela fut !

Dans la salle de bains de Rachid, Denis avait bien remarqué que la baignoire ainsi que d'autres récipients étaient remplis d'eau mais il n'avait pas fait de lien avec la menace d'une coupure d'eau. Le premier matin, la douche avait fonctionné normalement, faisant ruisseler sur son corps chaud une eau délicieusement froide...

Mais les jours suivants, sans prévenir, l'eau ne coula plus. Comme pour marquer sa propre volonté : je coulerai quand je voudrai, avait l'air de dire le robinet que Denis tournait désespérément. Il l'aurait volontiers étranglé, dévissé, broyé...

Chez lui, en Europe, il tournait machinalement un robinet et coulait la source citadine ! Jamais tarie, la source...

Il fallut bien se résoudre à appeler les choses par leur nom : les coupures d'eau !... Dans ce pays d'écrasante chaleur, on coupait l'eau afin, disait-on, de l'économiser. C'était une raison acceptable et évidente dans cette région où la pluie se fait on ne peut plus discrète mais le plus grave était — comble d'ironie — que cet acte infâme était commis par Amezziane, adorable garçon au demeurant, mais hélas payé par la commune pour fermer, couper, boucher, murer l'eau et l'ouvrir tous les deux jours durant quelques généreuses minutes !

Alors, chez Rachid, quand quelqu'un voyait couler un filet d'eau, c'était un cri de joie qui retentissait :

« De l'eau ! De l'eau ! Ils ont "remis" l'eau ! Aman ! Aman ! »

Khadidja courait le dire à Aïcha, qui le répétait à son fils Bachir, qui lui aussi prévenait Denis et Hanna :

« Il y a l'eau... ! »

C'est le matin, vers 8 heures, que le miracle se produisait, alors, dans un ensemble parfait, tous les robinets de la maison chantaient leur allégresse à plein tuyau et leur espoir en des jours plus humides et en un avenir pluvieux.

Le premier déjeuner chez Nacer fut un régal de bonheur partagé en famille. On servit des hors-d'œuvre frais : tomates rouges, concombres, poivrons et piments. Puis vint le plat tant espéré, mythifié par Denis : *le Couscous de Taghzout !* semoule et viande de mouton, bouillon de légumes... Le tout arrosé de grands verres d'eau fraîche !

« C'est délicieux ! Je n'ai rien mangé d'aussi bon ! C'est très bon !

— Mangez, il faut manger! Reprenez-en! Reprenez encore de la viande!... »

Ils en reprirent trois fois. Le geste le plus poli de la politesse eût été d'en reprendre une quatrième fois... mais les *roumis* ne pouvaient plus avaler un seul grain de semoule...

C'était Nacer qui recevait, c'est donc lui qui apportait les plats et servait ses hôtes. Il se tenait debout derrière ses invités, veillant à ce que les assiettes soient toujours pleines, empressé à offrir ce qu'ils désireraient!...

Na Djidda, assise à la droite de Denis, était la seule femme de la maison à table... Yamina, ses filles et l'épouse de Larbi s'affairaient à la cuisine... Elles mangeraient après les hommes, au second service...

Des tranches de pastèque furent servies au dessert... Les papilles gustatives de Denis ne s'étaient guère passionnées pour ce fruit qu'il trouvait insipide. Pourtant ce fut un miracle culinaire qui se produisit quand il mordit dedans. La chair rouge du fruit fondit dans son palais, dégageant à la fois fraîcheur et saveur. Le jus, dont il n'avait gardé en mémoire que la fadeur, était si discrètement parfumé, qu'il pardonna aux pastèques du passé. Dans la chaleur de la salle, en cette fin de juillet, après ce délicieux couscous, cette tranche de pastèque fut une tranche de bonheur total. Et durant tout le séjour, à la fin de chaque repas, les tranches de pastèques seraient toujours là. Denis leur en garderait une infinie reconnaissance.

Lui, qui n'avait jamais été enclin à apprécier les

repas de famille prolongés, aurait aimé que celui-ci ne se terminât jamais tant il se sentait bien... Totalement heureux il était... Peut-être pas totalement tout de même : il aurait aimé que Paul resté à Paris soit à ses côtés, parmi les cousins. Il y pensa plusieurs fois durant son séjour.

Puis il fut proposé du café ou du thé à la menthe. Denis demanda du café. Mais l'apothéose du déjeuner, le sommet du repas, le bouquet final fut atteint quand, dans un état de béatitude, Denis se leva de table avec l'accord de chacun et dit avec un sourire de bienheureux, proche de l'extase :

« Merci pour ce repas, c'était magnifique ! Je crois qu'une bonne sieste sera la bienvenue... »

Il souriait à tout le monde, ivre de légumes et de semoule, achevé par la tranche de pastèque, laminé par les quinze verres d'eau qu'il avait avalés ! Il se sentait tellement saoul de bonheur qu'il aurait donné sa bénédiction à la terre entière et à Taghzout en premier lieu...

Il se vit bénir d'un ample geste les monts du Djurdjura, mais il revint à la chaude réalité. Il ne bénirait personne, ni fleurs ni montagnes... Il n'était pas un saint, seulement un *roumi* rassasié, repus

« *Arouir !* avait dit Larbi en ajoutant : « *Abdullah !* . »

Sous le brûlant soleil, avec en fond sonore le chant strident des cigales, il fut convenu que toute la petite troupe se retrouverait après la sieste pour une visite *guidée* de Taghzout.

En redescendant le chemin menant à la maison

de Rachid, ils croisèrent des jeunes gens, assis à l'ombre d'un figuier. Ils se saluèrent :

« *Svah 'el'xir !...* »

Il était plus de 18 heures quand Nacer vint les chercher.

Il était accompagné d'un grand jeune homme brun, l'allure sportive :

« C'est Amirouche, l'instituteur de Taghzout. C'est aussi un cousin. »

Amirouche comprenait un peu le français et partait d'un grand rire quand il saisissait un trait d'esprit. Il invita Denis à visiter l'école.

C'était un unique bâtiment en béton, entouré d'un grillage, et situé au-dessus de la place du village. Durant sa courte visite, Denis pensa qu'il aurait pu, enfant, aller à l'école de Taghzout et, comme un petit garçon kabyle, garder les chèvres après la classe...

En redescendant sur le chemin, il prit Nacer à part :

« Tu es au courant, tu sais que j'ai reçu des lettres de menaces ? »

Nacer répondit sur un ton apaisant :

« Oui, je sais. Tout le monde ici est au courant. Tu n'as pas besoin de t'inquiéter, il ne t'arrivera rien. Tu es en sécurité parmi nous. Il n'y aura pas de problème... Allons visiter le village... »

La chaleur devenait supportable à l'approche du soir, elle perdait trois ou quatre degrés.

Au bout du sentier, ils tournèrent à droite, prenant l'unique voie qui desservait les maisons du village, le chemin était tantôt en pierres, tantôt en terre battue. Il faisait le tour de Taghzout-Gouada. C'était une sorte de *périphérique* à la kabyle.

Les villageois sur le pas de leur porte saluaient le petit groupe. Nacer ou Larbi présentait Denis :

« C'est Denis, le fils de Da Mohand !... »

Parfois un vieil homme répondait :

«Je l'ai connu ton père !... Bienvenue !... »

Au bout de quelques minutes, il ne fut plus possible de parler de petit groupe mais bien plutôt de *défilé*, voire de cortège dans les rues de Taghzout, tant les villageois étaient heureux de voir Denis et sa famille. Les enfants aussi furent de la fête ! Par grappes entières ils se joignirent au cortège.

Un vieux monsieur à l'allure imposante comme un Hercule de foire dit à Denis :

« Ton père, je l'ai bien connu... Tu lui ressembles beaucoup... »

Chaque fois que quelqu'un lui glissait une telle remarque, le cœur de Denis bondissait dans sa poitrine. Sur le chemin, il se sentait des ailes en descendant le large escalier mal pavé.

Tout à coup Da Youssef indiqua :

« Là, sur la gauche, attendez ! Regardez... C'est là où je suis né... Maintenant il y a un cousin, le frère de Nacer, Hocine... »

Les maisons du village étaient imbriquées selon l'antique tradition kabyle. Le vert et le rose étaient les couleurs les plus utilisées pour les murs. Ils entrèrent chez Hocine qui leur offrit un verre d'eau.

Da Youssef montra à Denis l'endroit du kanoun,

sorte de petit brasero pour se chauffer et préparer les repas.

La visite continua — chaque halte constituait une sorte de degré dans ce parcours initiatique —, et Da Youssef montra l'emplacement d'un moulin à huile au-dessus du chemin :

« Quand j'étais gamin, on amenait les olives ici, il y avait un pressoir... »

En ce début de soirée, la mélancolie des jours anciens flottait dans l'air. Nacer montra un endroit très sombre dans le recoin d'une habitation, où il avait vécu jeune homme. Puis ils s'arrêtèrent devant une maison aux murs délabrés, sans porte, seuls quelques morceaux de bois attestaient qu'il y avait eu un chambranle. Il n'y avait plus de toit. C'était une ruine, la ruine du temps, la preuve qu'il avait fait son travail...

« C'est là que ton père habitait, dit Larbi. C'était sa maison... Les Français l'ont bombardée en 55. »

Denis s'approcha. Il se retrouva au milieu de ce qui avait dû être la pièce principale. Ce qui restait des murs était gris-rose, de la couleur de la terre.

« Venez voir !... cria-t-il à ses enfants. C'est là que votre grand-père a vécu... Venez !... »

Il avait conscience du dérisoire de son appel mais il ne put dire autre chose. C'était comme si ses paroles, les paroles qu'il énonçait lui étaient dictées, soufflées, comme dans une religion révélée.

Aucune autre phrase ne lui vint à cet instant. Il aurait pu formuler autre chose ! Non ! Ce furent ces paroles-là... Aucune autre ! Comme s'il obéissait inconsciemment à l'appel de l'Inconnu. C'était un souffle non religieux et pourtant magique, surnaturel. Là encore, réminiscence de la chrétienté.

Est entré dans la maison du Père, comme l'on disait élégamment, dans les bulletins paroissiaux, de quelqu'un qui venait de mourir. Mais lui, dans la maison de son père, il venait de naître, c'était toute la différence.

Il ne ressentait aucun sentiment de tristesse en contemplant ces ruines. Il constatait froidement. Aucune passion ne l'habitait, aucune anxiété, aucune angoisse ne le traversait, mais au contraire un puissant souffle de vie, une énergie inconnue le pénétrait. Il retrouvait un peu de cette détermination qu'il avait éprouvée à la lecture des lettres. Cette même sensation positive, cette volonté d'exister coûte que coûte. L'aspect *morbide* de l'aventure n'avait pas de prise sur lui. Il était vivant, travaillant sur son passé. La raison prenait le pas sur l'émotion.

Archéologue de son histoire, il tenait à le rester tant qu'il le pourrait, contenant son émotion si celle-ci venait à surgir... Il s'était constitué des remparts dès le début de ses recherches, il refusait de s'apitoyer sur des abstractions passées. Seuls comptaient pour Denis les êtres de chair et de sang qui avaient parlé à son père, l'avaient touché, l'avaient entendu rire et qui pouvaient ainsi témoigner de la vie de Da Mohand.

Toucher des personnes qui avaient touché son

père était pour lui l'ultime preuve que ce père avait bien existé et qu'il était, lui, Denis, bien né de ce père-là bien qu'on eût tenté de lui faire croire à son inexistence ! Ainsi Na Djidda était le dernier lien physique qui le rattachait à lui. Le fait d'approcher physiquement ces êtres humains, témoins de la vie de Da Mohand, le raccrochait désormais, et pour toujours, à ses ancêtres kabyles, cette communauté d'hommes et de femmes présents dans la mémoire des vivants qui pensaient à eux à l'occasion des fêtes.

Hanna rejoignit Denis et les enfants dans ce qui restait de la maison de Da Mohand. Chacun, selon sa sensibilité, estimait l'importance du moment qu'il vivait…

Nul propos ne fut échangé entre Guillaume, Jérôme et leurs parents. On a vite fait le tour d'une ruine et il faut montrer beaucoup d'imagination pour reconstruire un passé lointain avec si peu d'indices… Mais il est facile d'imaginer des cascades de rires, des jeux d'enfants, des chahuts de jeunes hommes, des aveux chuchotés, des secrets révélés, des disputes passagères, des rendez-vous donnés puis reportés ou annulés, des chagrins d'enfants, des douleurs d'adultes. Tous ces petits bonheurs et ces petits chagrins avaient cohabité là, dans cet espace à présent découvert, ouvert à tous…

Le silence s'imposa. Il dura quelques secondes exceptionnelles.

« Bien… On continue ? » dit Denis sur un ton qu'il voulait neutre.

Ils repartirent sur le chemin communal. L'ombre de la soirée se précisait autour d'eux. Les formes s'estompaient. Les frênes, les figuiers, les oliviers, les micocouliers prenaient petit à petit la couleur sombre du soir... Ils arrivèrent près d'une source.

« C'est la première source de Taghzout ! » dit Nacer.

C'était comme un symbole offert à Denis...

« C'est mon retour aux sources... Je vais boire à la source ! Venez les enfants, venez boire à la source ! Viens Hanna ! »

Ce fut comme un baptême, une immersion non préméditée...

Ils s'aspergèrent et burent l'eau *sacrée* dans la lumière rouge et mauve du soleil descendant sur Taghzout.

Le chemin circulaire montait doucement jusqu'à la maison de Nacer.

« Viens... », dit-il à Denis.

Ils obliquèrent à gauche et grimpèrent sur un terre-plein. Ils atteignirent un promontoire qui délimitait un large carré de terre dominant la plaine de Taghzout. Sur ce carré de terre desséchée et d'herbes mortes se dressait un arbre, un seul, un olivier vigoureux. Larbi, qui marchait à l'arrière du groupe, s'approcha de Denis.

« Tu vois, ici c'est Mtsina... C'est un terrain qui appartenait à ton père. Il est à toi, si tu veux tu peux faire construire, il te revient de droit !

— Tu fais ce que tu veux, il est à toi !... », ajouta Nacer.

Denis jeta un regard autour de lui.

C'était donc ça ! Ce maigre bout de terrain pour lequel il avait reçu des menaces de mort ! Certes l'endroit était agréable : il dominait la vallée que l'on découvrait entre les monts du Djurdjura. Mais quelques mètres carrés de terre méritaient-ils que l'on veuille assassiner son semblable ? La terre était-elle suffisante pour tuer, éliminer un homme ?

Là encore, Denis sentit tout le dérisoire de la situation : il était là, foulant la terre de son père pour laquelle quelqu'un avait voulu le tuer ! Pour quoi ? Pour l'olivier ? Pour la vue magnifique sur la vallée ?

En face, en contrebas du terrain, la vieille Na Djidda sortit de la maison de Nacer. Denis l'appela et lui fit signe de venir les rejoindre. Jérôme et Guillaume dévalèrent le sentier pour l'aider à monter. Elle arriva lentement, et, le souffle court, devant tout ceux qui avaient suivi la visite, Na Djidda déclara en kabyle pendant que Nacer faisait la traduction :

« Elle dit que c'était le terrain de ton père, qu'il t'appartient... C'est le destin... »

C'était la formule de conclusion. Elle avait déjà été énoncée mais, dans la bouche de la vieille dame, elle sonnait comme une sentence de droit coutumier sans appel !... Car Denis rentrait dans les coutumes familiales, les traditions des tribus !...

Il se sentit à nouveau fier — non pas de cette

parcelle de terrain — mais fier de ce que la sœur de son père venait elle-même de lui transmettre : un héritage direct. C'était comme s'il avait été convoqué chez un notaire, en plein air, en Kabylie, vers 19 heures, devant des dizaines de témoins familiaux !

Autour d'eux, des enfants riaient.

Denis contempla en silence le paysage qui s'estompait dans le crépuscule.

Nacer dit doucement :

« C'est l'heure de dîner… »

Après le repas l'on parla généalogie jusqu'au dernier verre de thé à la menthe…

Tout le monde était conscient de l'importance du moment. Il fallait garder trace de l'événement. On fit des photos. Les éclairs des flashes illuminaient un court instant la terrasse qu'une timide lumière éclairait.

Enfin Da Youssef donna le signal du retour chez Rachid. Larbi et Nacer les accompagnaient.

Les réverbères projetaient une faible lueur sur le chemin. Parfois, dans une zone d'ombre, on entendait la voix d'un jeune homme qui disait :

« *M'selxir !* Bonsoir ! »

Cette voix était relayée par d'autres voix. C'étaient des jeunes gens du village qui ne désiraient pas rentrer dans la chaleur des maisons et préféraient retarder le moment de se coucher…

C'était en Kabylie au mois de juillet, comme dans tous les villages de France.

XXV

Ils avaient le sourire aux lèvres les Abdallah, les Belaïd, les Nacer, les Larbi, les Bachir, les Abdel-Krim, les Azem, les Aïcha, les Khadidja, les Amirouche, les Hamid, les Djaffar et le cousin Rachid. Les jours qui suivirent furent et resteront comme des jours de bonheur, comme un *bonheur* entre guillemets, comme un moment de bonheur d'exception comme peut-être il n'en arrive qu'un par siècle. Comme l'on dit d'un chef-d'œuvre, d'une création de génie, en littérature, en peinture ou dans le VIIe Art.

Denis fut invité dans la maison de chaque cousin. Da Youssef faisait office de présentateur diplômé ès *familiae* :

« Voici Denis ! Je vous l'avais promis ! Il est bien là ! »

Alors commençait le rituel de bienvenue et de reconnaissance mutuelle. Les deux camps rayonnaient de joie.

Quand on évoquait Da Mohand dans la conversation, c'était comme un puissant souffle du passé qui déferlait.

Certaines phrases revenaient :

« Je l'ai connu...

— Il m'emmenait au marché d'Akbou !...

— Mon père a joué avec lui...

— Il a émigré avec mon frère...

— On allait à la chasse ensemble... »

Denis buvait les mots, chaque mot, essayant de dessiner, de rassembler différents traits de son père, toujours et à jamais mythique afin de le reproduire au plus près d'une réalité qu'il savait d'avance inaccessible.

Un soir Nacer annonça :

« Nous allons dîner chez Dal'Hadj. Tu sais qu'il est venu plusieurs fois pour te voir, mais tu dormais encore.

— Quelle heure était-il ?

— 7 heures...

— Je lui présenterai mes excuses...

— Tu n'as pas besoin, il n'est pas fâché ! »

Dal'Hadj et sa femme vivaient chez leur fils Akli dans une maison donnant sur la place du village. Quand ils entrèrent, Da Youssef entraîna Denis et Hanna en un coin de la grande pièce où, assis sur un tabouret et adossé au mur, se tenait un vieux Kabyle, le visage buriné, un turban blanc ceignant sa tête, les mains posées sur une canne devant lui.

Da Youssef parla le premier en kabyle et présenta le cousin Denis et sa femme Hanna.

Dal'Hadj leva la tête, tendit une main vers Denis.

Il lui souhaita la bienvenue dans un doux sourire. Il avait de fines moustaches blanches et portait des lunettes aux verres épais.

« Il ne voit plus grand-chose à présent... Et il a des vertiges... Embrassez-le... », dit Da Youssef.

Ils embrassèrent le vieil homme.

Quand Dal'Hadj eut fini de parler, Da Youssef traduisit :

« Il dit qu'il est content que tu sois revenu dans ton pays. Il dit que c'est ton sang qui t'a poussé à retrouver les tiens... »

L'émotion de Denis fut réelle, forte, intense, de celles qui prennent à la gorge, où l'on étouffe un sanglot. Mais il se retint de pleurer comme il s'était retenu en retrouvant Na Djidda. Il se protégeait... En fait il s'était protégé depuis sa décision de venir en Algérie... Il avait peur de sa propre émotion...

Il se tenait debout face à Dal'Hadj, attendri devant son visage ridé.

Da Youssef poursuivit :

« Je peux te dire que j'adore Dal'Hadj ! Et ça me fait de la peine de le voir vieillir comme ça !... »

Denis contempla longuement le visage du vieux Kabyle et regretta amèrement de ne pas avoir entrepris son parcours initiatique plus tôt.

Il s'en voulut... Une culpabilité nouvelle naquit en lui. Il en fit part à Da Youssef. Lequel dit à Dal'Hadj la nature des remords de Denis.

Le vieux Kabyle parla en tamazight d'une voix douce, et Da Youssef traduisit :

« C'est le destin... Ce qui doit arriver arrive en son heure. C'était écrit dans le ciel que tu devais retrouver les tiens à ce moment de ta vie… Et pas avant… Il faut se réjouir de ces instants. Le Bon Dieu a récompensé tes efforts. Dal'Hadj te souhaite une longue vie à toi, ta femme et tes enfants. Il est heureux de t'avoir vu avant de mourir… »

Ces paroles simples et fortes sonnaient comme une bénédiction. Il était immergé, plongé par l'Ancien dans cette communauté qu'il avait tant souhaitée…

Dal'Hadj prit le premier congé de l'assemblée, ses forces déclinant en fin de journée. Tous l'embrassèrent et la soirée s'acheva sur des vœux de bonheur…

De ce séjour-éclair, ce que Denis retiendra, c'est cette immédiate acceptation de lui-même par les autres, spontanément, généreusement offerte, acceptation d'un état qui jusque-là lui avait toujours été refusé.

Tous, femmes, hommes, enfants de sa famille qu'il croisa, tous le reconnurent comme un des leurs, un du village, égaré quelques dizaines d'années, soit ! Mais l'essentiel n'était-il pas de s'être retrouvés ?

S'ils avaient raconté l'évidence, le dialogue imaginé aurait été celui-ci :

« Alors mon frère… mon cousin… tu es kabyle ? Nous aussi.

— Oui, je le suis, j'ai les preuves…

— Ça va, Denis… Tu n'es pas seul à être kabyle… On est des milliers et on n'en fait pas toute une histoire… Assieds-toi et reprends une tranche de pastèque. La vie

est belle puisqu'on est ensemble, non ? Il ne faut plus compliquer les choses. À partir d'aujourd'hui, ton histoire est claire et simple pour nous.

« Ton père était le vieux Da Mohand, il a connu ta mère, une Française, ils ont vécu une histoire d'amour, d'accord ?

— Oui, d'accord... En principe...

— Et puis à l'époque c'était autre chose... Et, s'il y a eu malheur, tu n'y es pour rien et tu as le droit de t'intéresser au passé qui te concerne car tu en es le fruit. Tu ne portes aucune responsabilité dans les événements qui ont précédé ta naissance mais tu avais le droit, et tu l'as bien utilisé ce droit, même si tu l'as utilisé tard dans ta vie, de plonger dans ton passé, dans ton histoire, ta Bibliothèque nationale à toi, Section paternité... Tu as le droit de rechercher dans les archives de la mairie de Souk el-Had, les traces de l'existence de ton père Da Mohand et de ton grand-père Larbi. C'est un droit inaliénable, personne ne peut t'en déposséder... Celui ou celle qui tenterait de te le ravir commettrait une action malveillante et grave dont il ou elle ignore tout des conséquences au dernier chapitre de l'Histoire.

— Je comprends, mais, si ma mère a souffert, il me semblait difficile de...

— Qu'en sais-tu si elle a souffert ? Que sais-tu de son malheur ? T'en a-t-elle parlé ?

— Non...

— Alors comment peux-tu dire qu'elle a souffert ?

— ...

— Lui as-tu posé des questions précises ?

— Non...

— Pourquoi ?

— J'avais peur de sa réaction...

— Pourquoi ?

— J'avais peur qu'elle se suicide...

— On ne se suicide pas quand on a un enfant... C'est un chantage qu'elle t'a fait pour éviter de te parler de ton père.

— Je le sais... Maintenant qu'elle est âgée, elle m'a dit, un jour que je tentais de lui parler de mon père, qu'elle ne se suiciderait pas, que c'en était fini de parler de suicide...

— Alors pourquoi n'en as-tu pas profité pour parler de Da Mohand ?

— Parce que je ne voulais pas qu'elle se mette à hurler comme elle le faisait dans mon enfance, comme elle fait toujours quand elle refuse le dialogue... »

Les Kabyles prônaient l'indulgence. La mère, c'est la mère. Yemma, c'est Yemma ! Mais au fond, en y réfléchissant bien, les Kabyles avaient raison : Denis n'avait aucune preuve du malheur de sa mère. Aucune ! Aucune trace de sa souffrance. Aucune. C'est lui qui s'était inventé le visage de la mère douloureuse, la *mater dolorosa*, rejoignant ainsi le visage de la Vierge Marie et la Conception divine de son Enfant Jésus, fruit des entrailles de Marie...

Et Jésus, le fruit de vos entrailles, est béni,
Et Denis le fruit de vos entrailles, est kabyle.

Entrailles était un mot d'une extrême importance dans l'histoire de sa mère, car c'était bien des entrailles qu'elle souffrait quand un événement, bénin, grave ou solennel, bouleversait sa vie quotidienne. Ses peurs d'enfant avaient peut-être inventé le passé douloureux de sa mère, un passé qui n'avait peut-être jamais existé... Mais alors, pourquoi n'osa-t-il jamais parler du père ? Des centaines de fois, cette question lui fut posée, et sans cesse lui aussi se la posa, et sans cesse sa réponse fut toujours la même : elle me terrorise...

Enfant, adulte puis, à présent, la cinquantaine passée se perpétuait le terrorisme maternel.

Un matin, Rachid proposa à Denis de l'emmener avec son camion au marché d'Aïn el-Hamman. Sur la route le soleil écrasait le paysage. Des femmes et des enfants marchaient sur les bas-côtés, la tête protégée par des foulards et des morceaux de tissu de toutes les couleurs. Des hommes âgés portaient le turban. Sur un versant de la montagne, Denis aperçut de vastes étendues de terre brûlée.

« C'est le feu, dit Rachid. Les hommes du FIS ont allumé des incendies, il y a trois semaines de cela... »

À la sortie d'un village, Rachid ralentit puis s'arrêta en disant à Denis :

« C'est un vieux que je connais, je vais le prendre dans le camion. »

Il descendit de la cabine, salua le vieux vêtu d'un burnous blanc et l'aida à monter. Denis se poussa pour lui laisser une place.

« C'est Dakli », dit Rachid en redémarrant.

Le vieux Kabyle tenait quelques brins de menthe dans sa main droite. Il s'adressa à Denis dans un français impeccable :

«Je l'ai bien connu, Da Mohand... Je me souviens de lui ! Alors tu es revenu au bled ? »

Cela tenait de la magie !

Un vieil homme, sur la route d'Aïn el-Hamman, lui déclarait qu'il avait bien connu son père ! Il n'y avait plus de doute : le monde entier et la Kabylie réunis saluaient le retour de Denis !

Un peu plus tard, avant de s'éloigner sous le soleil, Dakli tendit à Denis son bouquet de menthe :

« Prends ! En souvenir de ton père ! »

À leur retour, Rachid et Denis se rendirent, en compagnie de Nacer, Larbi et Da Youssef, au cimetière de Taghzout.

Il était composé de deux parties : les très anciennes tombes et les nouvelles. Situé près du chemin menant à la maison de Rachid, le cimetière, curieusement en pente douce, était bordé d'un grillage dans lequel avaient poussé plantes et herbes sauvages. Quelques arrogants chardons dressaient leur col desséché et montraient leurs épines agressives. Deux vieux piquets de bois indiquaient l'entrée du lieu.

La tombe la plus voyante était une tombe recouverte de dalles blanches horizontales. Sur l'une, plantée à la verticale, étaient gravées des lettres arabes.

« C'est la tombe de mon frère, Dal Bachir... », dit Da Youssef.

Larbi et lui récitèrent une prière.

Nacer s'approcha de Denis.

« Viens, c'est par là... »

Ils s'arrêtèrent au coin d'une haie touffue.

« Ici est enterré ton père... »

Nacer fit un geste précis de ses bras, de gauche à droite vers le sol :

« Dans ce sens... »

Aucun muret, aucun signe distinctif n'indiquait la tombe de Da Mohand. Seule la mémoire des villageois en avait conservé l'endroit précis.

« Cette partie-là, c'est le coin des Aït-Salem », précisa Larbi.

Denis restait silencieux devant ce petit bout de terre. Les cousins ne disaient plus rien. Ils n'avaient plus grand-chose à ajouter sur le passé lointain du disparu. Ils avaient fait tout leur possible pour être agréable à Denis. Ils avaient dit ce qu'ils savaient, ce qu'ils avaient à dire en leur âme et conscience, regrettant encore de ne pouvoir donner plus.

C'était pourtant déjà beaucoup.

« Il faudrait construire un petit muret avec une inscription. C'est vrai, c'est un peu laissé à l'abandon, c'est dommage..., dit Nacer.

— Je m'en occuperai... », répondit Denis.

C'était pour lui la fin d'un constat, une signature en bas d'une lettre achevée :

Je t'embrasse. À bientôt ! Signé *Denis.*

Dans ce cimetière, au soleil déclinant, il savait qu'il avait fait ce qu'il devait faire, ce qu'il s'était promis de faire, il n'avait pas failli à sa parole. Point par point, il avait réalisé son rêve qui s'achevait là, simple, froid sur le moment. Rêveur tendu à l'extrême, désirant toujours être maître des événements et de ses sentiments, la volonté de Denis avait été la plus forte. Il avait passé les obstacles, contourné des difficultés qu'il croyait insurmontables, il se sentait fier d'une revanche qui n'aurait jamais dû exister.

Il tourna la tête vers les monts du Djurdjura et dit simplement :

« Bon !... On peut s'en aller... »

Quand ils furent sortis du cimetière, Nacer dit doucement à Denis :

« Ce soir, après le dîner, je te raconterai l'histoire du village... »

Chez Nacer, les femmes avaient tout préparé. Ils dînèrent dehors et quand le repas fut achevé, tout en buvant du thé à la menthe, Nacer raconta :

« Comme tu as pu le constater, Taghzout, à l'image de tous les villages kabyles, est perché sur une crête rocheuse entourée de champs de figuiers et de parcelles de terrain, à caractère vivrier. Ces champs sont entourés de haies de figues de Barbarie, de cactus, que l'on appelle ici *karmous*. Les chemins du village sont longés d'arbres des deux côtés, ce sont des frênes.

« Un de nos ancêtres Da'Hamou Benaïssa, que le Dieu tout-puissant lui accorde Sa miséricorde, disait que Taghzout est une terre très fertile, un lieu où poussent des arbres fruitiers et des légumes de toutes sortes.

« Les premiers ancêtres habitaient cette plaine triangulaire formée d'une terre d'alluvions apportée par la rivière ouest, débitrice du col de Tirourda, forte en hiver, faible en été, c'est l'asif n'Ahnana. À l'est, c'est la rivière de Djimia qui descend des montagnes de Tizit Aït Aziz et Taourirt Amous, Ighfiline et le mont Azroun Tohor, au débit moyen en hiver. De cette rivière nos ancêtres ont détourné les eaux pour irriguer leur terre sur 2,5 km de long.

« D'après notre ancêtre Da'Hamou, ce système d'irrigation existe ainsi depuis toujours... Et cette terre fertile de Taghzout fut la grande source et le bonheur des villageois qui y habitaient. »

Larbi l'interrompit.

« C'est vrai que la terre était très riche et c'est pour cela que les premières maisons y furent bâties comme en témoignent les derniers murs retrouvés debout jusque dans les années 60, après la guerre d'indépendance, ainsi que les débris de tuiles rouges ou de jarres et le vieux cimetière. Ce sont des preuves concrètes du lieu de résidence des anciens villageois. »

Nacer reprit la parole.

« Il y a longtemps de cela, un conflit tribal opposa les Aït Istoura au nord-ouest du village, les Illoula au nord et les Aït Illeltene au sud-sud-est. Les trois tribus se sont disputé cette plaine fertile que chacune revendiquait. Nos premiers ancêtres sont montés sur le col, lieu du village actuel, pour y habiter définitivement mais ils ont gardé le même nom : Taghzout. »

Larbi compléta les explications de Nacer :

« Certains villageois ajoutent Gouada quand ils

parlent de Taghzout, Taghzout-Gouada, pour préciser exactement la plaine fertile, car Taghzout seul en tamazight signifie alluvion.

«Pour se rendre d'un village à un autre, il y a des pistes. Nos ancêtres les empruntaient pour aller troquer leurs marchandises au grand marché d'Akbou. Avant l'existence de l'argent, on échangeait les denrées. La caravane était composée d'une quinzaine de mulets ou de chevaux. Elle partait tous les lundis matin dès l'aurore, à l'appel du muezzin. Les villageois s'interpellaient en préparant les chargements sur le dos des bêtes, déplaçant les issoukas de légumes et de fruits pour les vendre ou les échanger au souk, au marché si tu préfères...»

Da Youssef, qui n'avait pas encore parlé, intervint :

«Je me souviens que le grand-père Salem, au retour d'Akbou, a failli être bloqué par la neige en pleine montagne. Les hivers d'antan étaient plus longs que ceux d'aujourd'hui. Grand-père Dakli disait qu'il leur était arrivé de rester quatre à six mois sans sortir des maisons. La neige atteignait près d'un mètre d'épaisseur sur les toits des maisons. Il fallait y grimper pour dégager la neige avant que le toit ne s'effondre. D'après le grand-père Hadj Chérif, pour pouvoir retrouver le village quand la neige tombait, il se retournait de manière à sentir le souffle du vent en pleine face. Ils n'étaient pas bêtes nos vieux en ce temps-là...

— De nos jours non plus ils ne sont pas bêtes,

Da Youssef, l'interrompit Nacer. Au fait tu dois savoir ça toi aussi…

— Quoi donc ?

— L'origine des villageois de Taghzout…

— Ah moi, répondit Da Youssef, ce que je sais c'est ce que Dal'Hadj raconte. Au début, il y avait Tifilkout, ça c'est sûr…

— Alors peut-être, dit Nacer, que le premier agriculteur de Taghzout-Gouada, c'est celui qui descendait chaque jour travailler la terre fertile. Et il s'y est bâti un refuge, à la fois pour surveiller ses récoltes et pour éviter de remonter à la fin d'une journée fatigante.

— Ah oui ! dit Da Youssef, l'azib…

— C'est ça… Et puis, au fil des années, c'est devenu un village, une extension en quelque sorte…

— Je me souviens aussi, continua Da Youssef, que les premiers habitants de Taghzout étaient trois frères. Il y avait Amar Aït-Salem, Challal Ichalalene et Moussa ben Moussa… Ah ! la la, tout ça est loin… très loin… Nos ancêtres, c'était Da Hamou, Latamane Ichalalene, Arezki, Aït-Tahar, Akli, Salem Aït-Salem. En ce temps-là, tout le monde cultivait la terre. On ne manquait ni de légumes ni de fruits ! Ni d'huile d'olive… Et les raisins… ! Les figues fraîches ou sèches… Je me souviens, dans ma jeunesse, il ne fallait pas cueillir les figues avant que la Djemâa n'ait donné la permission…

« Voilà, je t'ai fait un peu l'historique du village. L'histoire n'est pas complète, il faudrait interroger les plus vieux de Taghzout et ceux qui vivent aux alentours. Mais je voulais t'en parler avant que tu repartes. Il ne faudrait pas que l'histoire de notre village se perde, il faudrait l'écrire. Peut-être que toi, Denis, si tu veux, tu l'écriras...

— Bien sûr que je l'écrirai... J'ai toujours eu le sentiment qu'il fallait laisser des traces de son passage sur la terre. Et moi, je suis passé à Taghzout en cette année 1993. Je souhaite que l'on s'en souvienne comme je me souviendrai de vous tous ici.

— Et tu es de Taghzout toi aussi ! Tu fais partie des villageois, dit Larbi.

— Si tu venais plus souvent, tu pourrais assister à la Djemâa... », fit Da Youssef en riant.

Cette histoire de Taghzout, c'était l'histoire de tous les villages de la planète Terre, avec ses vieux, ses vieilles, comme en France et ses régions. Tout dans l'organisation se ressemblait, les schémas restaient les mêmes : histoires de vieux, histoires de vies, histoires de misères et de joies universelles. Seuls les prénoms et les noms de famille changeaient. Au lieu de s'appeler Denis Forestier, on s'appelait Mahmoud Aït-Salem et, à la place de Louise Drancourt, la jeune fille se nommait Fatima Aït-Mansour... C'étaient les hasards de la vie, les caprices de Mektoub.

Denis s'imagina que le destin avait changé d'avis : son père et sa mère s'étaient mariés dans une mairie de banlieue.

Le maire, regardant un peu de travers le jeune homme, demande :

« Mohand Larbi Aït-Salem, acceptez-vous de

prendre pour épouse Mlle Louise Drancourt ici présente ? »

Le jeune homme, en costume gris à rayures blanches, les cheveux gominés pour la circonstance, répond d'une voix assurée :

« Oui ! »

Le maire enchaîne :

« Mademoiselle Louise Drancourt, acceptez-vous de prendre pour époux Mohand Larbi Aït-Salem ici présent ? »

Sans hésiter, la jeune fille, rose d'émotion, répond rapidement :

« Oui ! »

Sa mère, vieille paysanne vêtue de noir, écrase une larme.

Dans l'assistance, le frère de Louise et les frères de Mohand sont sur leurs gardes. Louise est enceinte. Ils le savent. Ils savent aussi que le mariage a été précipité afin que le ventre de la jeune fille ne soit pas trop arrondi pour passer devant M. le Maire. Sa voix résonne aux oreilles de Denis :

« Je vous déclare unis par les liens du mariage pour le meilleur et pour le pire... »

Les jeunes mariés échangent leurs anneaux. Ils s'embrassent rapidement sur les lèvres. Sur le parvis de la mairie, Louise et Mohand posent pour la photographie... C'est la fin de l'hiver, le printemps est précoce cette année-là. C'est un vendredi et le soleil est presque chaud.

Denis revient au bled chaque année pour les vacances. Le grand-père Larbi, il ne l'a pas connu... C'est toujours la tante Na Djidda qui l'emmène à la source vers 17 heures... Elle lui chante des berceuses kabyles et lui raconte des histoires de chacals et de fantômes de la montagne. Quelquefois, elle lui parle de sorcellerie et d'envoûtement...

Louise, la mère de Denis, s'est bien habituée à la Kabylie, les femmes du village sont ses amies.

La mère de Louise ne connaît pas Taghzout. Elle n'a jamais voulu venir. Elle a prétexté que c'était trop loin mais, en réalité, elle n'a pas vraiment accepté le mariage de sa fille. Non parce qu'elle s'est mariée avec un Algérien, mais parce qu'elle considérait qu'elle était trop jeune pour avoir le bébé.

Les années passant, sa rancune s'est apaisée, et Mohand, son gendre, à force de patience, a réussi à se faire aimer de la vieille femme.

« Finalement, je l'aime bien mon gendre... Dommage qu'il vienne de si loin... Et puis aussi, pourquoi qu'il mange pas de porc ? C'est si bon un rôti de porc aux endives braisées... Qu'il fasse le ramadan encore... je dis pas... mais un rôti de porc ! Ça peut pas faire de mal un rôti de porc quand c'est bien cuisiné... Il est gentil avec Louise et le petit, c'est l'essentiel ! Avec moi aussi d'ailleurs, il ne m'a jamais manqué de respect ! Chez nous, les vieilles c'est sacré qu'il dit comme ça ! Ce que je regrette aussi, c'est qu'ils ont trop de cousins là-bas ! L'autre jour, je ne vous mens pas, pour les quatorze ans de Denis, on était vingt-sept à table ! Vous savez pas la peur que j'ai ? C'est qu'il emmène le petit en Kabylie pour le marier. Ne riez pas, ça s'est déjà vu !... Malgré tout ça, il est gentil mon gendre ! Tous les vendredis je vais chez eux manger le couscous... Mon Dieu qu'il le fait bien ! Et puis surtout, il ne boit pas, c'est un bon musulman ! Il ne boit que de l'eau ! »

C'est alors que Mektoub, qui veillait à tout, se dressa brusquement. Il fut pris d'une colère violente et hurla à travers les années :

« Non ça ne se passera pas comme ça ! Ça ne s'est pas passé comme ça ! Ça ne se serait pas passé comme ça car je ne l'aurais pas voulu ! Comprenez-vous à la fin ? J'avais décidé, écrit, imprimé dans le Temps que l'histoire de Denis Forestier serait un enchevêtrement quasi inextricable d'événements malheureux et grotesques ! J'ai tenu ma parole ! J'aurais pu faire de sa vie une vie ordinaire avec un père et une mère ordinaires, mais, le jour de la rencontre entre Louise et Mohand, j'ai décidé de m'amuser avec ces deux-là ! Pourquoi eux plutôt que d'autres ? Allez donc savoir !

« C'est le Destin, comme on dit chez vous ! Moi c'est Mektoub ! Appelez-moi Maître ! Car je suis le Maître, que vous croyiez en moi ou non !

« Mais constatez comme la vie de Denis, grâce à moi, a été enrichie !

« Il est allé au bout de son enquête, récoltant le moindre indice pour retrouver les siens ! Que de moments passionnants ! Que d'heures et d'instants anxieux il a vécus ! Je souligne encore, en toute modestie, que j'ai à nouveau frappé au bon moment pour qu'il s'interroge et se pose la question : D'où viens-je ? J'ai attendu sa quarantaine et quelques années, c'est-à-dire tard dans sa vie... Voyez comme je suis futé, moi le Mektoub ! J'ai frappé comme pour le dénouement d'une pièce de théâtre ! La dernière réplique de la pièce pourrait être : *L'An prochain à Taghzout !...*

Ne rêve pas, Denis.

Tu es bien à Taghzout en cette chaude nuit d'été kabyle.

Tu y es bien et tu y reviendras, même si tu dois partir demain, car tu sais au fond de toi que tu n'as pas renoué des liens pour les casser à nouveau. Tu as fait ce qui te semblait juste, mû par une inexplicable force.

Il est 18 heures, accoudé au muret de la maison de Rachid, tu contemples la plaine, en bas.

Da Hamid, à une centaine de mètres de toi, est assis dans l'herbe et regarde la montagne. À ses côtés broute sa chèvre blanche. Tu lui fais un signe et tu l'appelles.

« Ohé, Hamid !... »

Tu agites ton bras droit... Hamid répond à ton salut... Tu distingues encore de loin sa chevelure grisonnante... Chez lui aussi, tu as mangé le couscous... Tu te souviens ?

Attends, Denis, tu ne peux pas nous quitter sans nous raconter la promenade au clair de lune avec l'ami Ali et son neveu Mustapha au village d'Ighilbougnil !

N'oublie pas non plus la petite sœur d'Ali, venue le matin apporter du lait de vache et de la galette.

Et n'oublie pas non plus de citer la phrase de Mustapha : « Nous sommes un peuple pacifique... »

Cite tout ce que tu peux, Denis !

N'oublie personne !

Au terme de ce récit, es-tu sûr de n'avoir oublié personne ?

As-tu parlé d'Akli chez qui tu fus invité à Aït-Ichem, le village des tapis ?

Te souviens-tu, et je suis sûr que tu t'en souviendras toujours, que tu étais assis à côté d'un homme à la voix douce qui força tout de suite ton respect. Il t'a dit :

« C'est magnifique ce que vous avez fait... Dans le monde, il y aura toujours des hommes de bonne volonté... »

Tu ne dis rien, tu ne savais pas quoi dire, tu étais impressionné.

Tu ne savais pas quoi écrire non plus sur tes cartes postales qui partaient vers Paris. Tu avais peur d'être banal, alors tu écrivis une seule formule : « Quelle chaleur mais quel voyage extraordinaire ! »

Et derrière cette formule, tu peux le dire à présent, maintenant que tu es de retour en France, se cachait un très grand désarroi. Pourtant sur la carte qu'il envoya à Samuel, il fit un effort : « C'est un peu grâce à toi que je suis en Kabylie. J'aurais aimé que tu y sois aussi. » Il n'alla pas plus loin, les mots lui manquèrent.

Mais qu'écrirais-tu Denis en guise d'épilogue si tu écrivais un livre qui racontait ton aventure ?

J'écrirais que, lorsque je revins d'Algérie, je sombrai dans une réelle dépression. Je revis des images de misère que je me refuserai à jamais de décrire... Il me fallut quatre jours pour avouer à Hanna que je n'y retournerais plus, tant cela me faisait mal quand je pensais aux miens...

Et puis, encore un tour de mon ami Mektoub, une huitaine de jours plus tard, je me levai un matin, après le 15 août, avec une seule, une unique et fixe idée en tête : retourner là-bas, au village, vite, le plus vite possible. Revoir ces gens, les serrer dans mes bras, leur dire que je les aime, que je ne cesserai jamais de les aimer, que je ne les oublierai pas, que jamais je ne les oublierai, que j'irai à eux, que j'y reviendrai jusqu'à ma mort. Et après ma mort...

J'écrirais aussi que ce serait une trahison que de ne plus y retourner, trahison vis-à-vis de ces gens qui m'accueillirent comme le « Prince » de Taghzout...

Et j'écrirais, dans un sanglot, que je leur garde toute ma tendresse..

Loin d'eux, le 28 décembre 1993

Six mois plus tard, le vieux Da Youssef mourait.

Mais il avait tenu sa promesse : ramener Denis au pays.

Une année déjà s'est écoulée depuis mon retour au pays.

Da Youssef nous a quittés. Nous sommes le 26 juillet 1994. Curieusement, comme un rappel du passé à ma mémoire, la chaleur de cet été m'évoque celle de l'été dernier en Algérie : 31 degrés.

Bien sûr, il en faisait dix de plus en Kabylie, mais pour nous, en Europe, c'est la canicule.

Il y a un an, dans quelques heures... j'étais... j'allais être, j'allais naître à Taghzout, vers minuit, par une nuit chaude, aussi chaude que la nuit passée, rappel du destin, le Mektoub !

« Tu te souviens, Hanna, il y a un an... dans quelques jours... Tu te rends compte, on arrive à la fin juillet ! Un an déjà... »

Jamais dans ma vie, l'approche de l'anniversaire d'un événement ne m'a hanté à ce point. Cela revient comme une obsession.

Peut-être est-ce inconsciemment pour commémorer cet événement que j'ai souhaité à tout prix faire cette fête kabyle dans notre maison, huit jours avant de partir en vacances. J'avais invité mes cousins Amar et Mahmoud ainsi que Maklouf et Hamimi, le fils de l'homme à cheval. Il avait apporté de la galette. J'avais aussi demandé à son cousin Da Mohand s'il voulait bien se joindre à nous. C'est lui qui fit office de président à la première Djemâa à laquelle je participai. Amara aussi était là ainsi que notre ami Ali et sa femme. En cette journée nous avons évoqué Da Youssef avec Da Mohand qui a bien connu mon père avec lequel il a voyagé en France. Da Mohand est marié avec une jeune femme marocaine. Ils ont un bébé. Amar était venu avec sa femme Ouria et ses trois enfants, Maklouf avec la sienne aussi et Youssef leur fils et Hamimi avec son fils Tahar. Cela pour la petite histoire, mes chroniques kabyles. J'avais ressenti le besoin de consolider mes liens avec tous ceux, hommes et femmes, auxquels Da Youssef m'avait présenté comme le cousin retrouvé.

Toute la journée d'hier, j'ai refait le parcours dans ma tête :

17 h 30, l'avion décolle pour Alger.

19 h 30, atterrissage à l'aéroport Houari-Boumediene.

Entre 19 h 30 et 19 h 45, accueil des cousins à l'extérieur de l'aéroport et départ vers la Kabylie.

Vers 20 h 15, barrage de l'armée algérienne et arrêt pour contrôle du véhicule dans lequel nous nous trouvons, Hanna, Jérôme, Guillaume et moi, conduits par Messaoud.

20 h 30, nous nous arrêtons à un café au bord de

la route pour prendre des boissons fraîches. Là, nous attendent les autres cousins Rachid et Nacer ainsi que Da Youssef et sa femme.

20 h 50 environ, nous repartons direction Tizi-Ouzou.

22 h 15, toujours de mémoire et très proche de la vérité, nous nous rafraîchissons à nouveau à l'hôtel *Lalla Khadidja* à Tizi-Ouzou. Là, j'appelle Paul et lui laisse un message sur le répondeur, l'informant de notre arrivée en Algérie.

Rachid donne alors à Messaoud le nom du restaurant où nous devons tous nous retrouver avant de faire les derniers kilomètres. Messaoud ne trouvera jamais le restaurant où Rachid, Nacer et Da Youssef et sa femme nous attendront en vain durant une heure et demie. Nous arriverons avant eux à Taghzout, vers minuit. Quelque quinze minutes plus tard, pourtant, ils nous rejoignent. Rachid entre alors dans une colère tonitruante contre Messaoud. Je me rappelle ses phrases :

« J'avais tout programmé !... Je suis le maître chez moi depuis que mon père est mort !... »

Hier soir donc, jusqu'à minuit, j'ai revécu mon arrivée à Taghzout. Je n'ai pas pu m'empêcher d'énoncer à voix haute les différentes étapes du voyage. Toujours comme une force inconnue qui me pousse à dire... Comme une voix qui me murmure : N'oublie pas !...

Alors, si je voulais continuer cette expérience de la mémoire, je tenterais de revivre chaque année, jour après jour, le séjour en Kabylie, quinze jours en tout, du 26 juillet au 9 août. Mais les premières heures sur le sol d'Algérie resteront l'« événement ».

Aujourd'hui, je pense à Eux… loin d'Eux. Les enfants du bled, Abdel-Krim, fils de Belaïd, le chauffeur de taxi, Bachir, Azem et Abdel, les enfants de Rachid, les petites Luisa, Rosa… Et les adultes.

Il fait très chaud en Kabylie au mois d'août et on manque d'eau… Enfants et adultes cherchent un coin d'ombre pour se protéger du soleil brûlant. La place du village est écrasée de soleil. Seule l'épicerie offre un coin d'ombre. Malgré un ventilateur de petite taille on suffoque à l'intérieur. C'est là que nous avons acheté nos premières cartes postales, Hanna et moi, ainsi que les timbres. L'épicier, un cousin, ne voulait pas qu'on le paye. Mais nous insistâmes gentiment arguant que c'était le commerce et leur travail.

En fin d'après-midi, vers 17 heures, les jeunes descendront à la rivière et s'y baigneront avec bonheur car l'eau, dans les maisons, ne coule que tous les deux jours, parfois trois.

À la tombée du soir, le cousin Hamid descendra sa chèvre blanche dans le champ, en contrebas de la maison de Rachid.

Je me souviens du geste d'amitié que je lui ai adressé, du balcon de cette maison aux murs verts, jaunes et roses. La vieille mère de Djaffar aussi promènera sa chèvre, traversant le village, passant par le petit cimetière et portant sur ses épaules des branches de frêne pour *l'mal* (le bétail).

L'été, c'est aussi la saison des mariages en

Kabylie. On se marie, on marie, on chante, on danse.

Bachir jeune homme ira peut-être danser ce soir... Yemma, la vieille maman de Rachid, restera tard sur la terrasse, afin de profiter d'un peu de fraîcheur, en compagnie d'Aïcha, la douce femme de Rachid, et de Khadidja, leur fille. Ferhat reviendra tard du magasin de Souk el-Had tandis que Rachid, son père, partira avec son camion en direction du marché d'Akbou afin d'y ramener yaourts, beurre, légumes et fruits pour son épicerie.

Cette année, si j'avais eu le bonheur d'être parmi eux, je serais retourné au sommet du mont Azron Tohor. J'aurais contemplé à nouveau la chaîne de montagnes qui l'entoure — les monts du Djurdjura — dont j'avais si souvent rêvé auparavant, j'aurais été encore chez les beni Yenni acheter des bijoux kabyles, la fibule représentant un des symboles berbères, deux demi-cercles traversés d'une ligne droite. Pour Da Youssef et sa mémoire, j'aurais été à M'louk, un lieu qui compta beaucoup dans son enfance et dont il m'avait si souvent parlé. Je n'avais pas voulu y aller l'an passé, car, me disait-il, « Il faut se lever à 4 heures du matin, on ne peut pas l'atteindre complètement en voiture, il faut marcher longtemps... ».

La fatigue et la chaleur me firent renoncer et je le regrette pour lui.

Oui, si j'avais été avec eux, cette année, je serais retourné à Tizit, retrouver les jeunes de l'Association culturelle berbère, ces jeunes qui tentent avec leurs faibles moyens de préserver leur culture.

Comme l'an passé, nous aurions pris des photos... Avec Nacer, nous aurions discuté du livre *Le pont de la Révolte* que je lui ai fait parvenir. Nous en aurions parlé, le soir, dehors sur sa terrasse, en buvant du thé à la menthe, tandis que le petit Mokran, son fils, se serait endormi sur ses genoux ou ceux de Yamina, sa mère. La tante Na Djidda, me sachant de retour, serait venue d'Annaba m'embrasser. Larbi serait, lui, descendu d'Alger, où il habite dans le quartier d'el-Harrache, aux Eucalyptus.

Bien sûr nous aurions évoqué Da Youssef — *assia forbi* — et sa volonté de me ramener au bled, à Taghzout.

Avant de repartir pour l'Europe, je serais allé saluer le vieux Dal'Hadj et j'aurais fait un détour par le petit cimetière pour saluer discrètement Da Youssef afin qu'il sache, s'il le peut, que l'on pense toujours à lui.

Voilà. Je les ai tous évoqués, imaginés dans des lieux, endroits et places que je connais. Je peux presque les saisir, les serrer dans mes bras.

L'imagination, mon imagination peut tout. Ils vivent tous en moi, en ce premier été d'anniversaire torride.

Et je sais que je vis en eux.

Amirouche, le cousin instituteur, m'écrivit : « Ta venue a donné un nouveau souffle à la famille. »

Eux m'ont donné le « Souffle ».

Le premier.

27 juillet 1994

Il ne faut pas hisser le pavillon noir du silence

Tahar Djaout

Comme un minutieux travail
de fourmi horlogère de précision
s'est accomplie la quête
dans les cendres rougies de
ma mémoire ravivée
J'ai descendu profond profond
parmi les images familiales
puantes
Hurlements de la mère castratrice
et le souvenir de son couteau planté dans la porte
« Ce n'est pas ton père »
dit-elle au petit garçon de cinq ans
sur le trottoir
Un homme l'avait soulevé de terre
pour lui donner un baiser
Cherchant toujours
pour retrouver cette image de moi
jouant dans le caniveau
Tandis que l'oncle racontait
ses exploits de « héros « sans uniforme
« Je l'ai attendu à la sortie de l'usine »

Il parlait de mon père
Spermatozoïde de toute une région
La Kabylie
Chute vertigineuse
chute
chute exaspérante d'attente
atterrissage de la mémoire
de l'enfant
qui pourtant n'est pas né
jusqu'à trente-six années
d'obscurité totale
Seconde naissance
la vraie
Naissance de la Révélation
Comme la nuit de Mahomet
Coïncidence
Ou la nuit de Pascal et son
fameux pari
Reviennent comme une blessure
les volontés de m'atteindre faisant
sonner les mots avec mépris
Difficiles à écrire encore
« T'es juif ou
t'es crouille »
ricanait le Diable
Ah si j'avais pu être
l'un des deux dès la première — la fausse —
naissance
ou les deux à la fois en même temps
même instant même seconde
L'Identité établie
j'aurais marché la tête haute

Le cœur soulagé
Il n'en fut pas ainsi
C'eût été trop simple
Alors vint la longue
longue marche
Sur le chemin le long chemin
Des adultes
De l'adulte
De tous ceux qui savaient
Le secret
Le chemin ils l'ont
semé d'imperceptibles pièges
à mémoire
Reflux des indices
Castration de l'histoire
Étouffement de l'envie
De savoir de connaître
Embargo sur le père.

C'est alors que dans la grande nuit
Une infime lumière
Éclaira le présent le passé l'avenir
Et tous les temps conjurés
Et mes yeux s'ouvrirent
Comme s'ouvrent les roses du Jardin
Les roses des Sables
D'Algérie
Le mot écrit libère
Le cœur
Car ils m'ont tous sans exception
Donné l'odeur de la honte
La différence !

Mais dans la grande nuit
Une infime lumière
Semée posée ancrée par le hasard
Un phare
Face au silence bétonné
Au mur du silence bétonné
De peur que s'échappe le Secret
Mais le phare a éclairé
Le Mur qui avait un
Trou
Imperceptible et le secret
En a profité
Pour reprendre sa
Liberté et dans un élan de générosité
Et m'apercevant seul et désemparé
M'a donné son identité
c'était la mienne
Mais comment cela
s'est-il produit ?
À suivre avec attention
À lire entre les lignes
Débusquer les sous-entendus
Avant
bien avant de parler de
la seconde naissance
il faudra bien parler de
la première
et de ce qu'il reste comme images
sépia
ou pas et regarder, observer les
vieilles photos passées
pour se souvenir à outrance

et comprendre
Refaire morceau par morceau
le puzzle de l'Histoire
Reconstruire l'enfance
La mienne et l'absente
Pour comprendre pourquoi toujours
Différent je me suis senti
Parler écrire réfléchir sur
des articles de journaux lus depuis
la Révélation
Et qui tendraient à expliquer
Pourquoi pas
Une certaine forme de mon comportement par
ma Race
Un mot de plus libéré
sur la page
Deux mots pour un
Berbère
Race berbère
Devenir être et
Mourir berbère.

Comme un générique en début de film
je dédie ce livre à
Da Youssef,
à Na Djidda,
à Mahmoud,
à Amar,
à Rachid,
à Khadidja
à Aïcha,
à Bachir,

à Azem,
à Yamina,
à Rosa,
à Hamid
à Amezzianne,
à Dal'Hadj,
à Abdallah,
à Belaïd,
à Abdel Krim,
à Ferhat,
à Salah le postier,
à ceux de Tizit,
à Mustapha,
à Belaïd, à Amara,
à Abdel-Kader,
à Rabah,
à Djaffar,
à Nacer,
à Larbi,
À tous ceux que j'ai retrouvés par-delà les années d'absence et
qui m'ont accueilli comme jamais
on ne m'a accueilli
de ma mémoire normande.
Comme ils s'extasiaient tous
Devant mes cheveux bouclés noirs
Avec leur sourire large pour appeler
« Le Petit Frisé » (on sait qui est son père...)
le frêle enfant que j'étais et qui répondait
avec une certitude
comme le bois est le bois
la fleur la fleur

une étoile une étoile
à celui qui lui demandait
dans sa blouse d'écolier
modèle du genre
« Et ton père qu'est-ce qu'il fait comme travail ? »
Moi je n'ai pas de père
Car je ne le savais pas encore
Et je ne l'apprendrais que
de longues très longues années
plus tard
Et comme elles paraissent effectivement
longues à présent
qu'elles ont été mesurées
et rattrapées
car je ne le savais pas encore
Mais celle qui me mit au monde
La femme
Enfanta à l'époque (mon époque)
du Saint-Esprit
Du père et de sa chair
Point n'était-il autorisé d'en parler
Sous peine de hurlements
au Sacrilège
à l'Impie
J'étais donc définitivement amputé
Du désir de savoir
J'étais exemple renouvelé
De la religion catholique
Fils de Dieu Jésus numéro deux
Cela suffisait à ma
curiosité
Si j'osais tenter de parler

De qui
Je ne savais pas
Le ciel me tomberait sur le cœur
La foudre maternelle
Invoquerait dans ses cris
Des maux d'entrailles profonds
Des céphalées inguérissables
Le fils de Dieu
Ne questionna plus
Pire
Il tomba dans une
Amnésie paternelle prolongée
Coma de la mémoire
Impuissance de la Science enfantine
Mère profession mère-père
Diplômée de castration
Castratrice hors pair
Hors père
Vigilance permanente
Gardienne du Grand
Secret
et du petit frisé
Denis et ses boucles de cheveux
sur lesquelles elle s'extasiait
au point de
laisser ses cheveux
pousser
pousser
pousser encore mais qu'ils poussent
avec l'envie
secrète
elle aussi

que le garçon soit
fille de Dieu bien sûr
Cela se
conçoit
Conçoit vient de conception
Et l'on retomba sur
la Non-Conception puisque
je ne fus pas
et que je ne serai jamais
conçu jamais
je n'existais pas quoi
Elle seule m'avait fait et je n'existais pas
Confluent des contradictions
Convergence des détails infimes
Revenus au galop
Après trente-six années d'exil
Un par un
Timidement
Détails qui dans leur fragilité
N'osaient pas se présenter sur le bout de ma langue
Longues périphrases pour arriver à
dire l'essentiel
exhumer l'enfoui
par où commencer vraiment
Oui
Où est le début
Un début plausible et
cohérent est-il
envisageable dans cette
Mer
Mère d'incohérence
Pourtant il faudra bien

commencer
Une histoire
La mienne
A un commencement
dont la fin est bien
En Kabylie
Ce fut dans un estuaire où vont finir toutes
les douleurs
Un archipel de lumières grises
et bleutées à la fois
avec en toile de fond
la pâleur mortelle
des draps blancs
Souillés d'urine et de
Souffrance
Il faudra bien appeler les choses
par mon nom
que survint
alors que je ne l'attendais plus
ne l'espérais plus
alors que j'avais fait une croix catholique
Dessus
Le mot honni
haï
banni
strangulé
saigné à blanc chair à vif
coup de poignard libérateur à la fois
Scalpel de soulagement qui crève la première partie de
l'abcès
Le mot gicla
Comme du pus lancé exprès

Exprès à mon visage à la fin à l'extrémité d'une phrase
Cette phrase qui faisait office d'impasse
Non
Le mot ne pouvait plus s'échapper
Il était coincé des
Deux côtés
Guillemets d'un côté et de l'autre
de la phrase
Obligé d'exister le mot
définitivement révélé le mot
Dans ces onze mots d'une seule phrase :
« Ta
mère
ne
t'a
jamais
dit
que
ton
père
était
un
ALGÉRIEN »
Choc des cultures
Éblouissement
de la Révélation et sentiment du
Surnaturel du moment
Inexplicable magie de la
Naissance
Par la bouche cette fois
de la pauvre vieille tante
Vénus de Milo de cet asile de

douleurs de toutes les douleurs
Pourquoi Vénus de Milo
Parce que la nature lui avait ôté
Un bras
pour cause d'incurable maladie
et
tu veux tout savoir
Un sein
Tu veux continuer avec moi
la
descente
aux enfers
j'irai doucement alors
pour ne pas
t'effrayer
Les flammes seront
petites au début
Je ne crois qu'au hasard
Car sans la téléphonie sans fil
la T.S.F.
Que j'écoutais enfant
J'ai eu un carnet scolaire
Et dessus
il y a des traces de ce que je fus un enfant
Sans la T.S.F. *la radiophonie*
Diffusion en tout genre
Je ne serais pas allé naître
À Rouen dans cet
hôpital à vingt heures
En novembre mille neuf cent soixante-quinze
Et je n'aurais pas retrouvé
Celle qui allait être la Pythie de Normandie

Une des détentrices du nom de code
ALGÉRIE
Le phare était le poète depuis
toujours
Le poète était visionnaire
Samuel était son nom
Encore et toujours présent
déferlement de ses mots
Richesse de ses images
Des deux il était le poète et même
Avec ou sans les mots
Parfois mutisme de rigueur
S'installait l'accord
entre eux.

À présent les objets prennent
leur place et
leur sens
définitif et les mots d'antan qui
n'avaient qu'apparence
Mais re -
commençons la descente dans le puits
infâme
et d'abord j'écris comme je l'ai alors
entendu
j'écris pour la première fois
de ma vie les mots
crouille (fils de)
raton (fils de)
bougnoule (fils de)
bicot (fils de)

melon (fils de)
et je me nomme les cinq à la fois
et je m'affirme enfin comme les cinq
mots les cinq injures ensemble
et je rejoins
comme dans ce film que j'avais vu
sur les « mutants « cette jeune femme
qui progressivement se transformait en « mutante »
et le devenait définitivement.
Je rejoins tous mes frères et mes sœurs
crouilles (fils de)
ratons (fils de)
bougnoules (fils de)
bicots (fils de)
melons (fils de)
par-delà les années d'absence
déjà citées énumérées
et enfin je revendique
mes cheveux noirs et frisés
qui ont fait la différence durant
toute mon adolescence meurtrie
et toute ma
jeunesse désemparée
Car tout
s'explique froidement
calmement à l'analyse
Rien ne se perd rien ne reste
en suspens
Ne subsiste aucune zone d'ombre
Puisque je suis né
d'un pays de soleil Ah vite
expliquer qu'un des plus beaux livres que j'ai lus

qu'il me fut donné de lire
Hasard ?
Ce fut incontestablement « *Noces à Tipaza* »
d'Albert Camus
au temps où je n'étais pas encore né
c'est-à-dire initié. Ce livre qui me laissa une impression
profonde m'imprégnant
Imprégnant mon âme de
Soleil majuscule
Ce fut mon oncle normand
qui m'apprit comme j'étais enfant
qui souffla dans mes oreilles
le mot
« *crouillat* »
Les Crouillats disait-il
L'innocence de l'enfant
que j'étais me força
à Rire avec lui
Rire
du Mot
Conditionnement contradictoire
Volonté de rebâtir un enfant nouveau
Volonté d'anéantissement de la mémoire
de toute une famille
de tout un enfant
Pour le reconstruire NEUF
L'oncle c'était le frère
de la mère en
Question
Fautive
Le but de la famille était
Oublier effacer la faute

au besoin revisiter l'Histoire d'Amour
« Révisionnisme des Sentiments »
Voici l'inventaire de tous ceux de ma
Race
qui ont traversé ma vie
jusqu'à ce que je naisse
jusqu'à la Révélation ultime
Les nommer me semble aujourd'hui
impératif
important
nécessaire incontournable
et dire ce que je ressens aujourd'hui
à l'énoncé de
leur nom
m'apparaît essentiel
pour atteindre la
pureté
du sujet
Bien distinguer les mots
les nommer chacun précisément
Donc les premiers Algériens
furent l'image s'impose
Montagne groupe d'enfants
d'Alger, Algérois, Algériens
garçons et filles qui chantent
en l'année mille neuf cent cinquante
autour des flammes d'un feu de camp
et pour la première fois de ma vie
J'ai onze ans,
j'entends des chants
arabes
Pourquoi cette image

est-elle aussi nette
par-delà les années
Souvenir également
d'une danse du ventre par des jeunes filles
et je me souviens de l'expression
qui allait de pair avec
« danse du ventre »
c'était
« avec changement de nombril »
puis l'enchaînement des idées s'impose
je dois écrire sur la chanson de l'époque
que l'on m'a apprise
« Pourquoi la maison l'a brûlé mon zami ?
Parce que la Fatma l'a mis l'feu mon zami...
Pourquoi la Fatma l'a mis l'feu mon zami ?
Parce que la Fatma l'avait bu... mon zami »....!
et surtout l'inoubliable
« Trabadja la moukère
Trabadja bonno
Trempe ton cul dans la soupière
Tu verras si c'est chaud ! »
En fait j'étais le fils de la moukère
et je ne le savais pas
En son temps en ces temps maudits
la Société me chargea
d'un Service
Au temps de mes Vingt ans
Ce service était militaire
Ce fut le temps de la
Guerre
d'Algérie
et je ne savais pas en ces temps maudits

qu'ils tenteraient ces gens de la
Société Militaire
de me faire haïr ceux de mon sang
Vains efforts de leurs crânes rasés nuques de taureaux
Inutiles ordres criés dans mes oreilles
puisque je refusai le combat
Horreur des mots codés des attitudes
et du but ultime TUER
Les visages me reviennent
Comme des ombres de chair
Les Algériens de mes vingt ans
se nommaient
Menna Amanoula, boulanger dans la Kasbah,
capturé comme
un jeune fauve
Ruibi qui pissait au lit pour sortir de l'enfer
Volonté de fuir leur Service
Houari le cafetier doux comme un moka
Chenkhour le petit paysan kabyle
Ils sont tous là au rendez-vous
de la mémoire morcelée
Qu'ils existent toujours et que je les retrouve
je leur dirai je suis des vôtres acceptez-moi.
Sur une route de Normandie frileuse
Un jour de février
Un pan du monde se levait
le passage de la Mère Rouge de confusion
Au volant de la voiture bleue
Dans un état inconnu de moi-même
physiquement
Le sang de ma trentaine
cognant à mes tempes

Je volai roulai vers Paris-Vertiges
Comme assommé un combat de trop
Coup du lapin de la Révélation
de la tante Milo
Vénus de son prénom
Je m'étais cru infranchissable
Inébranlable dans le bunker de
l'indifférence à la Question
du Père
Indifférence de papier
Déchirement aisé
Vitesse excessive sur la route
Pour rattraper trente-six années
Je me répétai seul dans cette carcasse en fer
je suis ALGÉRIEN
Mais je ne le savais pas non plus
les sentiments
les affections grippés
doivent avoir une longue
convalescence
Alors voici ce qui se passa le soir de
ce jour
j'arrivai
chargé d'importance de
l'importance de ce
putain de
Secret Honteux
c'était donc ça ils avaient tous eu honte
j'étais quoi
fils de la honte
qui avait déferlé sur la famille normande entourée

des vertes prairies et des vaches grasses normandes qui me regardaient de leurs yeux emplis de calvados
Petit enfant algérien (frisé)
cheveux noirs
fils d'Algérien
Rien
Rien
j'étais, je fus, Rien
à leurs yeux
Une tolérance
Ultime geste de clémence
dut s'installer
Consensus familial
obligé
Ne lui parlons jamais du père de son
père il n'en a pas !
D'accord ?

Da Youssef
père de toutes les
naissances
Sa voix dans mes oreilles
résonne et résonnera toujours
Oreille droite
ou gauche
je ne m'en souviens pas mais
Petit homme aux yeux
malicieux
Mémoire de tout un passé
qui se reconstruisait
enfin

Ce fut sa voix qui
m'arracha le premier
cri du nouveau-né
lorsqu'il prononça
évocation décisive et finale
les mots
clefs enfin
véritable acte de naissance
tardif et bien présent
Car tout devint clair à cette époque heureuse
Demain j'écrirai les mots clefs de Da Youssef

Quand j'atteignis Paris à cent vingt kilomètres de Rouen
Dans un dérisoire décor de cuisine
d'un appartement de banlieue
coincé entre un éphémère buffet de cuisine et un
réfrigérateur
À celle qui partageait ma vie
garante et pardon de tous
les excès
je projetai cette seule et unique
phrase de cinq mots
« Mon père était un Algérien »
et là
à cet instant du poème dévoilé
je dois bien convenir
dans un souci extrême
d'honnêteté que
je ne me souviens plus
du dialogue
intime
qui s'instaura dans cette pièce

entre elle et moi
elle Pardon de tous mes excès et moi
Subitement s'installa
le silence intérieur
que je ne puis combler encore
aujourd'hui
que tout est ex -
pliqué
Lente peut-être
lente acceptation résignation
Sentiment d'avoir été
trompé doublé
floué
anéanti par la vie et ses acteurs
imposés par le Créateur
Mon créateur
Haut-le-Cœur de l'impuissance
à redresser le destin
Trop tard il fallut bien pourtant
distiller en moi
Comme le produit pur venin voulu
d'une seringue malveillante
distiller le poison
avec lequel
Tous membres d'une famille euro-normande
sans exception
auraient voulu
m'atteindre
Je n'étais pas
des leurs
Mais par
Mansuétude

Ils ne me
l'avaient pas dit
N'avaient pas fait état de
Mon état
Les mots clefs sont pour demain

Ainsi parla Da Youssef
père de toutes les mémoires
ainsi l'ai je nommé
et j'ajoute que
s'il doit rester un nom
de cette « épopée »
Saga-Waterloo des sentiments
si un nom doit rester
sans tache
sans la rouille du temps
par-delà les saisons futures
qui succéderont aux saisons
C'est bien celui de
Da Youssef dont la voix
portée haut par le combiné
téléphonique en cette fin
de soirée rougie par le soleil couchant
à Saint-Denis
au dixième étage
chez Mahmoud qui
m'avait simple et chaleureux
majestueusement accueilli
qui avait écouté ma demande de père où est-il ?
avec la patience
d'un sage

« Voulez-vous que je l'appelle, lui s'en souvient !... »
Sou-
vient...
Alors
parla Da Youssef sa voix
dont j'ignorai encore
le visage malicieux
Véritable et totale transcription
intégrale de ses paroles
brûlantes et apaisantes
premier dialogue
lui à deux cents kilomètres à
l'est de Paris
Moi chez Mahmoud
à Saint-Denis
éclairé par le soleil rouge de
cette soirée de juin
mille neuf cent quatre-vingt-sept
après un arrêt-rencontre
rendez-vous au café le Khédive
Je vous reconnaîtrai
M'avait rassuré Mahmoud
Venez chez moi nous allons
discuter tranquillement
Il avait sorti la bière
proposé du champagne
Je n'avais pas osé bloqué
par l'anxiété
et la proche délivrance
Alors Mahmoud décrocha le téléphone
et composa
le numéro

dit quelques mots dans cette
langue qui est la langue
de mes ancêtres
les vrais
et me tendit le combiné

Ainsi parla Da Youssef
Vous êtes bien de chez nous
de notre famille
Je vous raconterai tout
Votre père
ATTENTION À TES OREILLES DENIS
Votre père s'appelait
MOHAND
Il prononça en kabyle
ajoutant
Mais les Français disent
Mo-anne
On va se rencontrer
Je vous raconterai tout
Je l'interrompis d'un cri
OUI
à l'évocation de Mo-anne
Puis encore quelques instants brûlants
plus loin
Votre père et votre mère se sont
rencontrés à Saint-Denis
Ils habitaient à Saint-Denis
ATTENTION À TON CŒUR DENIS
trop curieux
en manque d'affection du pater
trou béant du côté gauche

Ils habitaient
boulevard Anatole-France
au 153
Denis hurla dans le téléphone
OUI
Puis Da Youssef continua
Votre père il travaillait
il était
ATTENTION DENIS TU ES FRAGILE, C'EST TROP POUR TOI
il était
PONTONNIER
et
je me souvins d'avoir entendu
ce mot
Da Youssef continuait
comme un conteur kabyle
il travaillait au
PONT-DE-LA-RÉVOLTE
à Saint-Denis
Là
les syllabes subitement entendues
me crevèrent le tympan
mirent à vif
ma mémoire
quelque part enfouis
ces quatre mots
PONT-DE-LA-RÉVOLTE
se libérèrent avec un dernier OUI
plus intense
Ce fut un hurlement,
Je suis vivant

Car cela j'en étais bien sûr
Ce Pont-de-la-Révolte
l'oncle soldat du déshonneur
l'avait bien évoqué
devant le petit enfant que
j'étais alors
Mais on ne s'en méfiait pas
en ces temps innocents
Ainsi fut le début de
l'époque kabyle, mon époque
par la voix de Da Youssef
À partir de ce soir rouge du soleil couchant
à Saint-Denis chez Mahmoud
je me hâtai de rattraper
Temps et affection kabyles perdus
Mais comment ai-je fait
tout ce parcours j'ai le sentiment d'avoir franchi
des siècles de morts
Mes morts kabyles
Car il faudra bien l'écrire
pendant que je vivais
d'enfance castrée de père
kabyle
les Kabyles eux les miens
vivaient naissaient et
mouraient sans
m'avoir connu
sans que je les aie connus
sans même savoir que j'existais
Là est
tel que je le ressens avec précision douloureuse
et douleur précise

Là est
le point de L'ATROCE *ultime*
Anéantissement des miens
Génocide pour une moitié de moi-même
Car dès que je retrouvai Da Youssef
et Mahmoud
Il fallut bien
Renouer refaire le pont des
années avec des photographies jaunies ou
en couleurs
J'ai vu ces visages d'hommes,
de femmes et d'enfants en
costumes traditionnels
de Kabylie au village
de Taghzout
Aujourd'hui dix-sept janvier mille neuf cent quatre-vingt-douze
J'avais en ce matin froid décidé de ne pas écrire
mais en vrac
voici
je dois citer Mahmoud
patient chercheur de la Tour
à Saint-Denis
confesseur des recherches
apaiseur de l'âme
et puis aussi écrire
la mémoire de ces deux Algériens
qui habitaient vers mille
neuf cent cinquante-quatre
à Belleville dans le
même vétuste immeuble que
moi.

Aujourd'hui rien
la mémoire se repose jusqu'à la prochaine image
Dix-huit janvier mille neuf cent quatre-vingt-douze.

C'est vrai que depuis le dix-huit janvier mille neuf cent
quatre-vingt-douze
j'ai laissé le temps
s'écouler
Peut-être avais-je
trop expulsé
expulsé trop d'images obsédantes
trop de mots, d'expressions vivaces
qui me revenaient
de façon lancinante
depuis
ma première heure
ma première mémoire
Peut-être avais-je besoin
d'une halte de la mémoire
afin de ne pas m'essouffler
et surtout rester
PUR
dans cet acte volontaire
Retour aux sources
SOURCES
MES SOURCES
Certes le fil de la pensée a pu être coupé
Mais pas le fil qui conduit au but
LA KABYLIE TAGHZOUT MON VILLAGE
Que ricanent les ricaneurs
C'est peut-être la seule
fois

Enfin
où je ne me sens pas « ridicule », « grotesque »
Mais fier d'être Kabyle parmi les Kabyles
de parler de la
Kabylie
Même si je ne la connais pas
encore
Je vis en elle
Elle vivait en moi mais je ne le savais pas
Je fais des pas de géant
des heures supplémentaires
des cours de « rattrapage » de la mémoire
des « Séminaires « accélérés
Pour être digne d'elle
MA
KA
BY
LIE
Ricaneurs ricaneurs
Vos ricanements en aucune façon
à jamais ne me toucheront
Nicéphore Niepce inventa
la photographie
c'est-à-dire la possibilité ultime
de se reproduire
de reproduire les êtres les paysages
aimés
grâce lui soit rendue
Je contemple mon visage et
mes traits d'enfant
yeux et cheveux sombres
Ces cheveux sombres

Ces cheveux bouclés
presque crépus crantés
Oh les vagues de crans
Mémoire t'en souviens-tu
On disait
Les beaux cheveux frisés
Ah si j'avais ses cheveux
Sur les photographies jaunies de
mon enfance lointaine
Je me dévisage
et comprends enfin
Le passé me fait des signes
d'intelligence de connivence
Reviens au point zéro me dit-il
Tu verras ton père jeune homme
fringant qui allait les dimanches
comme moi
au cinéma du quartier de Belleville
Voir les films de Farid el-Atrache
Par quel hasard
D'où vient
Pourquoi
Qui me fascina tant
Pour encore en parler
cette image s'impose à ma plume
de ces hommes frisés noirs crépus et
comme moi
Ils faisaient acte de patience
attendant d'entrer dans ce cinéma
du quartier de Belleville le dimanche
pour voir écouter et applaudir Farid el-Atrache
l'Égyptien

Pourquoi me souviens-je précisément
de cela
et de cela encore
Tout dire aller jusqu'au bout au bout
Ils sont quatre, cinq, six, dix
boulevard de Belleville
jambes écartées, mains contre
le mur entre deux cafés
Fouillés par des C.R.S.
Ou des gendarmes mobiles
Nous sommes
je suis en mille neuf cent cinquante-cinq
ou cinquante-six
J'ai quinze ans
ou seize
Et je ne sais rien de moi
Sinon que je suis fils de Dieu
Tout le monde a peur
Et mon angoisse est
inexprimée et attisée
par le regard de la mère
LA MÈRE.

Parler parler toujours
Me justifier sans cesse
À cet instant de l'Histoire
Écrire pourquoi j'ai
choisi cette façon de
raconter
ce qui ne doit pas disparaître
ce qui doit rester
à travers le temps

ce qui doit rester à mes fils
qui le raconteront à leurs enfants
Pourquoi ai-je ou plutôt
Pourquoi cette façon de raconter
En une sorte de long poème
plutôt qu'en un récit
C'est que
par magie, envoûtement
Sortilège de mon histoire c'est que
phrases, mots et rythmes se sont
imposés à moi
AINSI
Impuissant je suis
à dire autrement,
à conter en un autre style
en un autre mode d'écriture
Mon cœur et mon esprit sont mûrs
par la volonté coûte que coûte
de raconter tel que je le ressens
Et aucune haine pour ceux
Qui se lasseraient de la lecture
Tout est pourtant si simple
Si simple
Courte respiration
Avec proposition
Recherche, essais
de titres pour l'Histoire
Le Grand Secret
Mémoire kabyle
Mémoire normande
Le silence de la mère
Une mer de silence

Silence
Un silence de mer
Mer d'eau
Merde au silence
Aucune invective
Injures au point zéro
Pour la partie européenne
Du sujet qui nous occupe
Par le temps qui passe
Et mes années perdues
Seule constatation possible
Erreur de la machine Divine
Erreur d'aiguillage du Cœur
Et dans ce cas extrême il fallait
grève immédiate du Cœur
Et de ses employés l'Aorte
Et le chef du personnel
Le ventricule droit
Ainsi que du représentant du
Syndicat des Sentiments
La Trachée-Artère
Mais j'ai vécu jusqu'à dix ans
Est-ce l'essentiel
Dans cet inextricable décor
de hurlements fâcheries bouderies
Entre deux femmes la mère et la fille
Dont l'une était, c'était visible,
risible
à l'oreille nue
le remords de l'autre
l'autre étant le
remords de l'une

À cause de l'existence
Du petit frisé qui comprend alors que
quelque chose est incompréhensible dans cette situation
Et ce petit enfant confronté
durant les vacances
au devoir épistolaire
écrit à SES *femmes, ses deux femmes*
« Mes chers parents »
et il sait bien l'enfant
que l'expression est fausse
Mais comment l'exprimer
Sans crainte des cris qui dépasseraient le mur du Son
et rebuffades.
Tenu
pour responsable
de céphalées intenses de la mère
Maux de ventre entrailles saccagées
Ce ventre d'où il est sorti
Ça hurle trop pour ses trompes
d'Eustache
Arrêtez les sirènes
Il y a un enfant qui voudrait dormir
Arriva l'ogre qui terrassa l'absent
et se mit dans son lit à sa place cul nu
Sous les yeux horrifiés du rejeton
À côté de la mère sur la mère sous la mère
À la place du père
Un ogre européen dont les origines celtiques
étaient loin de celles de l'enfant qui ne savait rien
Sinon que circulaient parmi le
monde enfantin les mots de
« Bâtard c'est quelqu'un qui n'a pas de père » disaient

quelques joyeux garnements
du quartier avec un regard
malicieux et concupiscent...
Gommées les années de l'Ogre
Effacées à jamais les quinze années
de vie bancale avec l'Ogre
quelque part bon bougre au demeurant
nonobstant sa volonté tenace
d'éducation du « petit »... frisé noir
Seule reste ma volonté de dire
comment j'ai gagné une demi-bataille
La Bataille des racines
Et cette nuit j'ai rêvé que je
retrouvais encore un cousin
« Ton histoire me fait pleurer »
me disait-il...
Il m'embrassait en me disant bonjour...
Ce dix-sept octobre mille neuf cent soixante et un
de vingt heures à vingt-trois heures trente
j'étais à l'intérieur d'une salle de spectacle
au métro Richelieu-Drouot
Pendant que mes frères
algériens manifestaient
demandaient leur indépendance
et mouraient
Je ne savais pas
et
J'ai honte
Deux cents Algériens
Morts...
Et en mille neuf cent soixante-deux
Dans un cabaret de la rive gauche « Le Cheval d'Or »

Lise chantait
« Le Soleil se couche sur la Kabylie »
dont j'ai retenu la mélodie :
Dites-moi pourquoi je me souviens de cette chanson ?

Aujourd'hui
ce matin
Le jardin est rempli d'oiseaux
Il neige des fleurs de cerisier
Le regard perdu dans le vert des feuilles
Je rêve
Quelque part en Kabylie
M'attendent des gens
hommes et femmes
jeunes ou âgés
Et le village gardera toujours
l'écho des paroles que je vais prononcer
Y a-t-il une rue principale ?
Celle où marcha mon père ?
Je marcherai dans les traces de ses pas.

Peut-être le saura-t-il ?

Mai 1993

DU MÊME AUTEUR

Aux Éditions Denoël

LE PASSÉ SOUS SILENCE.

LE PONT DE LA RÉVOLTE (Folio nº 3006).

COCO BELLES-NATTES.

MESURES D'URGENCE, essai (Grand Prix de l'humour noir du spectacle 1986).

SODOME ET VIRGINIE, théâtre – illustrations de Tardi.

Chez d'autres éditeurs

UN COUPLE DE NOTRE TEMPS, le Cherche-Midi éditeur.

BESTIAIRE POUR TOUS, Le Castor Astral.

JOURNAL INTIME, Editions Verticales.

Composition Bussière
et impression Bussière Camedan Imprimeries
à Saint-Amand (Cher), le 22 février 2001.
Dépôt légal : février 2001.
1er dépôt légal dans la collection : septembre 1977.
Numéro d'imprimeur : 010885/1.
ISBN 2-07-040346-7./Imprimé en France.

1553